免费提供MP3录音下载

日语50音速成班

宋健榕　王兰　编

世界图书出版公司
广州·上海·西安·北京

图书在版编目(CIP)数据

日语50音速成班/宋健榕，王兰编. —广州：广东世界图书出版公司，2006.6

ISBN 978-7-5062-8148-5

Ⅰ. 日… Ⅱ. ①宋…②王… Ⅲ. 日语—发音—教材 Ⅳ. H361

中国版本图书馆CIP数据核字(2006)第067381号

日语50音速成班

责任编辑：梁　卫
出版发行：广东世界图书出版公司
（广州市新港西路大江冲25号　邮编：510300）
电　　话：020-84451969　84459539
http://www.gdst.com.cn　E-mail: pub@gdst.com.cn
经　　销：各地新华书店
印　　刷：肇庆市科建印刷有限公司
版　　次：2006年10月第1版　2007年7月第3次印刷
开　　本：880mm×1 230mm　1/32
印　　张：4.75
ISBN 978-7-5062-8148-5/H.0527
定　　价：13.80元(本公司网站免费提供MP3录音下载)

咨询、投稿：020-84183942　ershadao@126.com

目　录

第一讲　日语语音基础知识……1

第二讲“あ行”假名和发音（元音）、练习……8

第三讲“か行”假名和发音（辅音）、练习……16

第四讲“さ行”假名和发音（辅音）、练习……24

第五讲“た行”假名和发音（辅音）、练习……33

第六讲“な行”假名和发音（辅音）、练习……42

第七讲“は行”假名和发音（辅音）、练习……50

第八讲“ま行”假名和发音（辅音）、练习……60

第九讲“や行”假名和发音（半元音）、练习……69

第十讲“ら行”假名和发音（辅音）、练习……76

第十一讲“わ行”假名和发音（半元音）、练习；拨音的发音、练习……84

第十二讲“が行”假名和发音（辅音）、练习……92

第十三讲“ざ行”假名和发音（辅音）、练习……100

第十四讲“だ行”假名和发音（辅音）、练习……108

第十五讲“ば行”、“ぱ行”假名的发音（辅音）、练习……116

第十六讲　长音的活用与练习……125

第十七讲　促音的活用与练习……132

第十八讲　拗音（拗长音、拗拨音、拗促音）的活用与练习……136

附录一　平假名的写法……144

附录二　片假名的写法……145

第一讲 日语语音基础知识

一、日语假名简介：

中国的汉字传入日本之前，日本民族虽然有自己的语言，但只是限于口头表达，没有用于记载书面语言的文字。大约在隋唐时代，汉字由中国传入日本，日本才有了文字。日本人先是直接采用汉字来记载日本语言，后来才逐渐根据汉字创造出日本的本土文字 —— 假名。

假名分平假名和片假名两种。平假名是由汉字的草体简化而来的，片假名则是由汉字楷体的偏旁部首简化而来的。每个假名都有平假名和片假名这两种写法，平假名用于一般书写及印刷；片假名则主要用于书写外来语、电报或特殊的词汇。

一个假名代表一个音节。现代日语实际上共有 71 个假名、68 个音（因为お和を、じ和ぢ、ず和づ的发音相同），包括清音、浊音、半浊音，还有拨音。此外，日语还有由两个或三个假名组成的音节，也就是长音、促音以及拗音（拗长音、拗拨音、拗促音）。

将清音假名按一定的规律排列起来，再加上单独另占一行的拨音“ん”，这样组合而成的表叫作“五十音图”。“五十音图”中，横向的叫做“行”，纵向的叫做“段”，“五十音图”中的清音假名共五段十行。其中，“や行”的“い”“え”、“わ行”的“う”分别和“あ行”的“い”“え”“う”同音同形，“わ行”的“ゐ”“ゑ”分别和“あ行”的“い”“え”同音不同形。由于“ゐ”“ゑ”在现代日语中已经不再使用，因此除

● 五十音图

段 行	あ段	い段	う段	え段	お段
あ行	あ ア	い イ	う ウ	え エ	お オ
か行	か カ	き キ	く ク	け ケ	こ コ
さ行	さ サ	し シ	す ス	せ セ	そ ソ
た行	た タ	ち チ	つ ツ	て テ	と ト
な行	な ナ	に ニ	ぬ ヌ	ね ネ	の ノ
は行	は ハ	ひ ヒ	ふ フ	へ ヘ	ほ ホ
ま行	ま マ	み ミ	む ム	め メ	も モ
や行	や ヤ	（い イ）	ゆ ユ	（え エ）	よ ヨ
ら行	ら ラ	り リ	る ル	れ レ	ろ ロ
わ行	わ ワ	（ゐ ヰ）	（う ウ）	（ゑ ヱ）	を ヲ
拨音	ん ン				

去重复的和现在已经不再使用的假名，五十音图实际只包括46个假名。

二、日语的音读和训读

日语中大量使用汉字。日本汉字大部分是由中国传入的，但是也有一小部分是日本自造的“国字”。1946年10月日本政府公布了“当用汉字表”，列入1850个汉字。1981年10月又公布了“常用汉字表”，列入1946个汉字。在教科书和官方文件中，一般只使用列入“常用汉字表”中的汉字。

每个汉字一般都会有两种读法，一种叫做“音读”，另一种叫做“训读”。“音读”模仿汉字的读音，按照这个汉字从中国传入日本时的读音来发音。根据汉字传入的时代和来源地的不同，大致可以分为“吴音”、“汉音”、“唐音”等几种。但是，这些汉字的发音有很多已经和现代汉语中同一汉字的发音有所不同了。“音读”词汇多是汉语的固有词汇。“训读”则是按照日本固有的读音来读这个汉字时的读法。“训读”词汇多是表达日本固有事物的固有词汇。

有不少汉字既有“音读音”，也有“训读音”。如：

■音读：**技術**（ぎじゅつ）、**恋愛**（れんあい）、**人**（じん，にん）

■训读：**術**（すべ）、**恋**（こい）、**人**（ひと）

三、日语的声调（重音）

本书的单词后面都注上了声调的符号。日语的单词或词组是由若干个假名组成，所谓的声调就是指这些假名之间发音高低的变化。日语的声调是高低型，由高而低或由低而高。比如，あめ①（雨）这个词是1调，表示第一个假名あ是高音，而第二个假名め是低音。再比如あおい②这个词是2调，根据规则声调就应该是低高低。日语的声调有点类似于歌曲中的升调和降调。

日语是节拍语，一个假名代表一拍（包括表示促音、拨音、促音以及长音的假名，但是不包括组成拗音中的小“や”、“ゆ”和“よ”。因此きゃ是一拍，而きって、しんぶん分别是三拍和四拍。

日语以东京音为标准音，其声调可以分为如下几种类型：⓪型、①型、②型、③型、④型、⑤型、⑥型以及⑦型等。高声调表示重音，低声调表示轻音。

⓪ 型：表示只有第一拍低，其他各拍都高。

①型：表示只有第一拍高，以下各拍都低。

②型：表示只有第二拍高，第一拍和第三拍以下各拍都低。

③型：表示第二拍、第三拍高，第一拍和第四拍以下各拍都低。

④型：表示第二拍至第四拍高，第一拍和第五拍以下各拍都低。

⑤型：表示第二拍至第五拍高，第一拍和第六拍以下各拍都低。

⑥型：表示第二拍至第六拍高，第一拍和第七拍以下各拍都低。

⑦型以及以下各型的声调依次类推。

以上类型中，最常用的是⓪型、①型、②型和③型，在日语中，这三个类型的单词大约占了总数的百分之八十左右。

日语的声调看起来挺复杂，但只要在学习的时候多听听录音，认真体会什么是高音，什么是低音，而且记住几种最常见的声调就可以了。

四、外来语

外来语是指在日语中使用的来源于外国语言的词汇。日语中的汉语词汇很多，大多是自古以来从中国引进的，从外来语的定义看，汉语词汇也应该属于外来语的一种。但是，从惯用的角度看，汉语词汇不包括在外来语中。外来语一般是指来源于欧美国家语言的词汇，其中大部分是来源于英美语系的词汇。

较早引进的外来语，有些已经完全融入到日语中。这一类词汇历史上多采用平假名或者汉字来书写，现在一般用平假名来书写。如：たばこ（香烟）、てんぷら（油炸虾、鱼、蔬菜等食品）等已经日语化、但仍然有来自外语的感觉的词汇，一般用平假名书写。这一类词汇的词形比较固定。如：ラジオ（收音机）、ナイフ（小刀）、スタット（开始）等这类词汇往往词形（即写法）不大固定，但部分有习惯写法的一般按照习惯写法来书写。这类词汇可能会使用现代日语中的和语词汇和汉语词汇所没有的音节来进行书写。特殊的音节假名用于书写比较接近原音或原拼写方法的外来语、外国地名和人名等。如：ウィ（wi）、クァ（qwa）、シェ（she）、チェ（che）、ツァ（tsa）等。

五、日语的特点

世界上有很多种语言，对这些语言进行分类时，可以从不同视角采取很多种方法。若从语法规则的角度来进行划分的话，全世界的语言大致可以分为三大类：孤立语、屈折语和粘着语。汉语属于孤立语，英语、德语以及法语属于屈折语，而日语以及朝鲜语则属于粘着语。

日语作为一种粘着语，其主要特点如下：

①日语依靠助词或者助动词的粘着来表示每个单词在句中的机能。因此，要想学好日语，掌握其助词和助动词的用法极为重要。

②日语的词汇分为实词和虚词两大类。实词表示一定的语义概念，可以单独做句子成分或者做句子成分的核心部分；虚词是不表示语义概念，不可以单独做句子成分，只能附在实词之后起种种语法作用或增添某种意义的词。

③日语的动词、形容词、形容动词和助动词虽然有词尾变化，但不像英语那样受性、数、格的影响。

④日语的名词、数词和代词等没有性、数、格的变化。名词在句子中的成分需要用助词来表示。

⑤日语的主语或主题一般在句首，谓语在句尾，其他成分在中间，即日语的一般语序为：主语 ——补语）—— 宾语——谓语。而修饰语（ 包括相当于汉语的定语或状语等句子成分）则在被修饰语之前。

⑥日语句子成分多数没有严格的次序，可以灵活放置，有些成分经常可以被省略。

⑦日语具有相当复杂而又重要的敬语。

⑧日语有敬体和简体之分，敬体又可以细分为几种。由

于性别、年龄、地区、职业、身份、社会地位以及所处场合等的不同，人们所使用的具体语言也有不同程度的差别。

⑨日语的声调属于高低型。其声调的变化发生在假名和假名之间。每个假名代表一个音拍。

第二讲 “あ行”假名和发音（元音）、练习

おはようございます（早上好）！上一讲我们大体介绍了日语和日语语音方面的一些知识，下面让我们一起来具体学习日语语音。这一讲我们要学习日语语音的基础，也就是日语的元音—— あ行假名。

A 准备篇

あ行假名

平假名	あ	い	う	え	お
片假名	ア	イ	ウ	エ	オ
罗马字	a	i	u	e	o
国际音标	a	i	u	e	o

发音要领

“あ行”的五个假名是日语中的元音，其他各行假名基本上是由辅音与这五个元音分别相拼而成的（“や行”“わ行”除外）。因此学好这五个元音是掌握日语语音的基础。所谓元音，是指气流带动声带振动，在喉头和口腔中不受阻塞而发出的音。

● あ(a)：双唇自然张开，肌肉放松，舌头放低并稍向里缩。开口度比汉语拼音的[a]小。

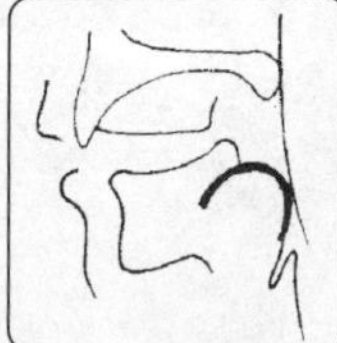

- い(i)：前舌面向硬腭隆起，舌尖向下略微触及下齿龈。与汉语拼音的[i] 相比，口角咧开较小。

- う(u)：嘴微开，舌根隆起，双唇扁平。注意与汉语拼音的[u]相比，双唇不向前突出。

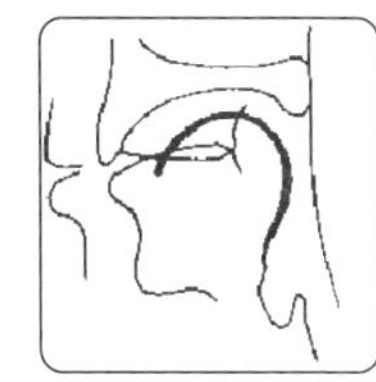

- え(e)：双唇略向两侧展开，舌部肌肉略微紧张，舌根用力。

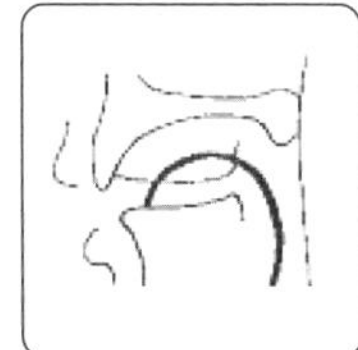

- お(o)：舌向后缩，后舌面隆起。双唇略成圆形。

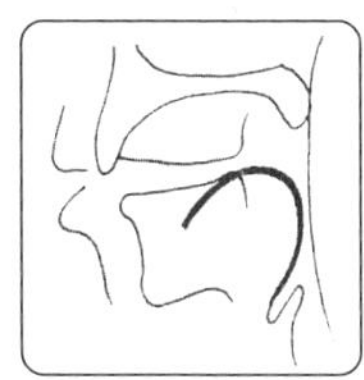

“あ行”元音是日语语音的基础，刚开始接触日语语音，一定要掌握好“あ行”元音！

下面我们一起做关于“あ行”元音的练习，来巩固一下这一讲的学习成果。通过以下练习，你会发现自己在不知不觉中已经掌握日语语音的基础啦^_^

B 练习与活用

1. 跟录音反复练习"あ行"假名发音

あ　い　う　え　お

ア　イ　ウ　エ　オ

怎么样，读起来并不太难吧！下面我们一起来练习书写"あ行"假名。

2. 按笔顺反复书写"あ行"平假名和片假名，边写边读。

（附录：日语假名的写法 P144~145）

建议：准备五张卡片，在卡片的正反两面分别写上"あ行"假名的平假名和片假名。任意抽出卡片进行认读。

7分钟时间，已经基本能读会写了吧！

下面我们继续做“あ行”假名的应用练习，把日语语音基础打好！

3. 跟读练习

あ	い	う	え	お
ア	イ	ウ	エ	オ

ああ	あい	あう	あえ	あお
イア	イイ	イウ	イエ	イオ
うあ	うい	うう	うえ	うお
エア	エイ	エウ	エエ	エオ
おあ	おい	おう	おえ	おお

あいう	あうえ	あえお
イウエ	イエオ	イオア
うえお	うおあ	うあい
エオア	エアイ	エイウ
おあい	おいう	おうえ

あいうえ あうえお あえおい
イウエオ イエオア イオアウ
うえおあ うおあい うあいえ

エオアイ エアイウ エイウオ

おあいう おいうえ おうえあ

あいうえお　　　イエアオウ

あいえおうおあお　アエイウエオアオ

很好！我们可以开始学习单词啦！

4. 跟读以下日语单词，注意音调

- あい　① ［愛］爱情；爱　好
- あう　① ［会う］见面；遇　见
- あお　① ［青］绿；蓝；绿　灯
- あおい ② ［青い］绿；蓝；脸 色 苍 白
- いう　⓪ ［言う］说；诉说；表　达
- いえ　② ［家］房子；家
- うえ　⓪ ［上］ 上面；表面；（地位等）高；年纪大
- え　① ［絵］图画
- エア　① ［air］空气；大气
- おい　⓪ ［甥］侄子；外甥
- おう　⓪ ［追う］追；追求；赶走
- おおい ② ［多い］多

下面我们进行词组、短句训练啦！这一组训练中会出现一些我们还没有学过的假名和单词，没关系，先认识一下吧 ^_^！（注意汉字上的假名标音）

5. 反复跟读以下词组、短句，注意语调

❶ 青(あお)い家(いえ)/蓝 色 的 房 子

❷ 魚心(うおごころ)あれば水心(みずごころ)/你要有心我也有意；人心长在人心上

❸ 絵(え)を描(か)く/画画

❹ 駅(えき)で会(あ)う/在火车站见面

❺ お礼(れい)を言(い)う/道谢；致谢

❻ 子供(こども)への愛(あい)/对孩子的爱

❼ 中国(ちゅうごく)は人口(じんこう)が多(おお)い/中国人口众多

❽ 机(つくえ)の上(うえ)/桌子上

❾ 流行(りゅうこう)を追(お)う/赶时髦

我们已经能把"あ行"假名读得很好啦！下面的练习我们要动笔写一写，写得出来，才能算真正掌握了！试试看！

6. 默写“あ行”平假名和片假名

7. 听写练习

あ　い　う　え　お
あう　あお　いいあう　いおう　うい　うお
エア　えい　おう　おあい

8. 将下列平假名改为片假名，片假名改为平假名

あえ　おあい　おおう
イオウ　ウイ　エエ

好，“あ行”假名的学习就到这里。

最后介绍一些日语中的惯用句。这些惯用句都是日本人在日常生活中挂在嘴边的。学会这些惯用说法，对于日语学习者来说可是很有用哦！

下面，我们先看一看日本人是怎么向他人问好的。

①おはようございます / 早上好。
②こんにちは / （白天时用）你好。
③こんばんは / 晚上好。

刚开始可能还不太适应，别着急，你已经迈出第一步啦！加油吧！

3

第三讲 “か行”假名和发音（辅音）、练习

下面我们来学习“か行”假名。

A 准备篇

か行假名

平假名	か	き	く	け	こ
片假名	カ	キ	ク	ケ	コ
罗马字	ka	ki	ku	ke	ko
国际音标	ka	ki	ku	ke	ko

发音要领

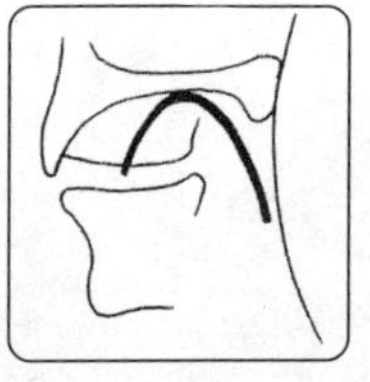

“か行”五个假名是由清辅音[k]分别和“あ行”五个元音[a] [i] [u] [e] [o]拼成的。[k]是爆破音，它的发音方法是：后舌和舌根抬起顶住软腭，形成闭合，阻塞气流，然后使之猛然离开，气流冲破阻塞爆发而出。这时声带不振动。

学会了“あ行”假名，“か行”假名也不难掌握吧^_^

B 练习与活用

1.跟录音反复练习“か行”假名发音

か　き　く　け　こ

カ　キ　ク　ケ　コ

2、按笔顺反复书写“か行”平假名和片假名，边写边读。

（附录：日语假名的写法 P144~145）

建议：准备五张卡片，在卡片的正反两面分别写上“か行”假名的平假名和片假名。任意抽出卡片进行认读。

3.跟读练习

3

か　き　く　け　こ
カ　キ　ク　ケ　コ

かか　かき　かく　かけ　かこ
キカ　キキ　キク　キケ　キコ
くか　くき　くく　くけ　くこ
ケカ　ケキ　ケク　ケケ　ケコ
こか　こき　こく　こけ　ここ

かきく　かくけ　かけこ　キクケ
クケコ　キコカ　くけこ　くこか
くかき　ケコカ　ケカキ　ケキク
こかき　こきく　こくけ

かきくけ かくけこ かけこき キカクケ
キクケコ キケコカ

くけこか くこかき くかきけ ケコカキ
ケカキク ケキクコ こかきく こきくけ
こくけか

かきくけこ　キケカクコ
かきくこけこかこカケキクケコカコ

4. 跟读以下日语单词，注意音调

- あかい ② [赤い] 红的
- あき ① [秋] 秋天
- あく ⓪ [開く] 开；开始
- いき ① [息] 气息；呼吸
- いく ⓪ [行く] 去；走；经过
- うえき ⓪ [植木] 植树
- えき ① [駅] 车站；火车站
- おか ⓪ [丘] 山冈；丘陵
- おく ⓪ [置く] 放置；处于；（霜、露等）降
- かいかく ⓪ [改革] 改革
- かう ⓪ [買う] 买；招致
- かお ⓪ [顔] 脸；表情；面子
- かかく ① [価格] 价格
- かく ① [書く] 写
- きおく ⓪ [記憶] 记忆
- きく ⓪ [聞く] 听；听说；打听
- こえ ① [声] 声音
- ココア ① [cocoa] 可可

5. 反复跟读以下词组、短句，注意语调

❶ 秋(あき)の空(そら) / 秋天的天空

❷ 赤(あか)いりんご / 红苹果

❸ 息(いき)をする / 呼吸；喘气

❹ 植木(うえき)をする / 植树

❺ 美(うつく)しい声(こえ) / 悦耳的声音

❻ 駅(えき)から近(ちか)い / 距火车站近

❼ 丘(おか)を越(こ)える / 越过山冈

❽ 顔(かお)を洗(あら)う / 洗脸

❾ 価格(かかく)をつける / 定价；标价

❿ 柿(かき)を買(か)う / 买柿子

⓫ 記憶(きおく)にとどめる / 留在记忆里；记下来

⓬ 機会(きかい)を待(ま)つ / 等待时机

⓭ 霜(しも)が置(お)く / 降霜

⓮ 小説(しょうせつ)を書(か)く / 写小说

⑮ 東京(とうきょう)へ行(い)く / 去东京

⑯ 熱心(ねっしん)に話(はなし)を聞(き)く / 聚精会神地听讲

⑰ 窓(まど)が開(あ)いている / 窗户开着

下面我们要验证一下这堂课学习的成果啦!

6. 默写“か行”平假名和片假名

7. 听写练习

か	き	く	け	こ
かい	かきかえ	かくう		
きおう	きかく	きこえ		
くい	くうき	くかく		
けいか	けいこく			
ケーキ				
こうい	こうえい	こく		

8. 将下列平假名改为片假名，片假名改为平假名

かき	きあい	くうかい
けいえい	こうき	
カイコ	キコウ	クウキ
ケイカク	コ イ	

好，“か行”假名的学习就到这里。下面我们继续来学习日语惯用句。

①ただいま /（进门的人对屋里的人说）我回来了。

②お帰りなさい /（屋里的人的答句）哦，你回来了。

豆知識1：

元音、辅音和半元音

语音学上根据发音的方法等把音分为元音、辅音和半元音。元音主要是气流经过口腔时不受口腔内各器官阻碍的有声音，发元音时声带发生振动。辅音则相反，发音时要受口腔内某些器官部位的阻碍，发音时振动声带发出有声音，不振动声带则发出无声音。半元音则介于二者之间，受阻碍的程度极小。日语中的元音有[a] [i] [u] [e] [o]，辅音有[k] [s] [ʃ] [t] [tʃ] [ts] [n] [h] [ç] [ø] [m] [r] [g] [dz] [dʒ] [d] [ɑ] [p]，半元音有[j] [w]。

4

第四讲 “さ行”假名和发音（辅音）、练习

A 准备篇

さ行假名

平假名	さ	し	す	せ	そ
片假名	サ	シ	ス	セ	ソ
罗马字	sa	si(shi)	su	se	so
国际音标	sa	ʃi	su	se	so

发音要领

“さ行”五个假名中的“さ”“す”“せ”“そ”是由清辅音[s]分别和[a] [u] [e] [o]相拼而成的。“し”则是由清辅音[ʃ]和[i]拼成的。

- [s]是摩擦音，它的发音方法是：舌前部靠近上齿龈，形成一个间隙，使气流从上齿龈与舌前端间隙摩擦挤出。发音时不振动声带。

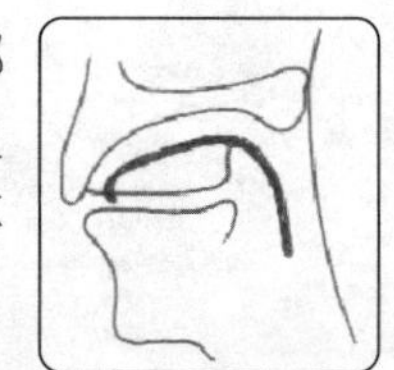

- [ʃ]也是摩擦音，它的发音方法是：舌尖抵住下齿背，舌面隆起接近硬腭前部，形成狭窄缝隙，使气流从狭窄缝隙摩擦而出。发音时不振动声带。

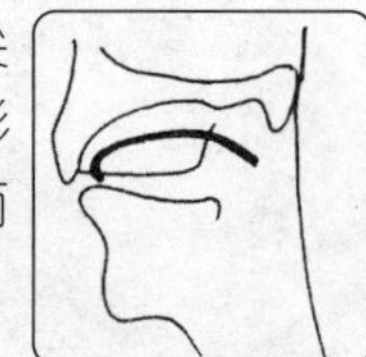

“さ行”假名中，“し”和“す”的发音不太好掌握，一定要多练习，把这两个音发准、发好！

先自己试读一下“さ行”假名，觉得有不好掌握的发音吗？仔细听录音，再做一下跟读练习吧！

B 练习与活用

1. 跟录音反复练习“さ行”假名发音

さ　し　す　せ　そ

サ　シ　ス　セ　ソ

怎么样，已经能够顺畅地读出“さ行”假名了吧！下面我们一起来练习书写“さ行”假名。

2. 按笔顺反复书写“さ行”平假名和片假名，边写边读。

（附录：日语假名的写法 P144~145）

建议：准备五张卡片，在卡片的正反两面分别写上“さ行”假名的平假名和片假名。任意抽出卡片进行认读。

7分钟时间，已经基本掌握了“さ行”假名了吧！“し”和“す”的发音也咬准了吧！不过，艺贵在精，下面我们要继续做强化训练，精读精练！

3.跟读练习

さ	し	す	せ	そ
サ	シ	ス	セ	ソ
さ さ	さ し	さ す	さ せ	さ そ
シ サ	シ シ	シ ス	シ セ	シ ソ
す さ	す し	す す	す せ	す そ
セ サ	セ シ	セ ス	セ セ	セ ソ

そさ　そし　そす　そせ　そそ

さしす　さすせ　させそ
シスセ　シセソ　シソサ
すせそ　すそさ　すさし
セソサ　セサシ　セシス
そさし　そしす　そすせ

さしすせ　さすせそ　させそし
シスセソ　シセソサ　シソサス
すせそさ　すそさし　すさしせ
セソサシ　セサシス　セシスソ
そさしす　そしすせ　そすせさ

さしすせそ　シセサソス
さしすそせそさそサセシスセソサソ

很好！我们可以开始学习单词啦！在学习单词的过程中，让我们再巩固一下“さ行”假名的发音和写法吧！

4. 跟读以下日语单词，注意音调

■ あさ ① [朝] 早晨

■ あさい ② [浅い] 浅；浅薄

■ あし ② [足] 脚；腿；脚步

■ あせ ① [汗] 汗；返潮

■ いし ② [石] 石头

■ いす ⓪ [椅子] 椅子；职位

■ うし ⓪ [牛] 牛

■ うすい ② [薄い] 薄；缺乏

■ うそ ① [嘘] 谎话；错误；不恰当

■ おいしい ⓪ [美味しい] 好吃；可口

■ おかし ② [お菓子] 点心；糖果

■ おさけ ⓪ [お酒] 酒

■ かす ⓪ [貸す] 借出；租出；帮助

■ かさ ① [傘] 伞

■ くし ② [櫛] 梳子

■ けさ ① [今朝] 今天早晨

■ けしき ① [景色] 景色

■ こくさい ⓪ [国際] 国际

■ こし ⓪ [腰] 腰；腰身

■ さそう ⓪ [誘う] 劝诱；约；引诱

■ しあい ⓪ [試合] 比赛

■ しお ② [塩] 盐

■ すこし ② [少し] 少许

■ すし ② [鮨] 寿司

■ せかい ① [世界] 世界

■ せき ② [咳] 咳嗽

随着假名学习的不断推进，我们接触到的单词也越来越多啦！很多日常生活中常见的词我们已经可以用学过的假名读出来并掌握住啦！下面，让我们继续进行词组、短句训练吧！（注意汉字上的假名标音）

5. 反复跟读以下词组、短句，注意语调

❶ 朝(あさ)がつらい / 早晨懒得起来

❷ 足(あし)がしっかりしている / 脚步稳健

❸ 味(あじ)が薄(うす)い / 口味清淡

❹ 汗(あせ)をかく / 出汗

❺ 石(いし)を投(な)げる / 扔石头

❻ 牛(うし)に経文(きょうもん) / 对牛弹琴

❼ 嘘(うそ)をつく / 说谎

❽ 美味(おい)しいお菓子(かし) / 好吃的点心

❾ お酒(さけ)を飲(の)む / 喝酒

❿ お鮨(すし)を少し買(か)う / 买一些寿司

⑪ 傘(かさ)をさす / 撑伞；打伞

⑫ 櫛(くし)で髪(かみ)をすく / 用梳子梳头

⑬ 経験(けいけん)が浅(あさ)い / 经验少

⑭ 腰(こし)を下(お)ろす / 落座

⑮ 試合(しあい)に勝(か)つ / 比赛胜了

⑯ すばらしい景色(けしき) / 绝景

⑰ 世界記録(せかいきろく) / 世界纪录

⑱ 咳(せき)が出(で)る / 咳嗽

⑲ 力(ちから)を貸(か)す / 助一臂之力

⑳ 友達(ともだち)を旅行(りょこう)に誘(さそ)う / 约朋友去旅行

下面我们要动笔写一写，做一下书面练习。看看是否真正会用“さ行”假名了。

6. 默写“さ行”平假名和片假名

7.听写练习

さ	し	す	せ	そ
さあ		さいかい		さく
しか		しこく		しさ
すう		すえ		すき
せいえい		せおう		せそう
そえ		そくい		そこく

8.将下列平假名改为片假名，片假名改为平假名

さき	しいき	すく	せこ	そうい
セカイ	シイク	スケ	セサイ	ソカ

“さ行”假名就学习到这里。下面我们来学习日语惯用句。

5

①行ってきます/（走的人对屋里的人说）我走了。

②行っていらっしゃい/（屋里的人的答句）哦，你走好。

第五讲 “た行”假名和发音、（辅音）练习

上一讲我们学习了“さ行”假名，这一讲我们接着来学习“た行”假名。按照惯例，我们先做发音讲解，再做各项练习。

A 准备篇

た行假名

平假名	た	ち	つ	て	と
片假名	タ	チ	ツ	テ	ト
罗马字	ta	ti(chi)	tu(tsu)	te	to
国际音标	ta	tʃi	tsu	te	to

发音要领

“た行”假名中的“た”“て”“と”是由清辅音[t]分别和[a] [e] [o]相拼而成的。“ち”是由清辅音[tʃ]和[i]拼成的。“つ”是由清辅音[ts]和[u]拼成的。

- [t]是爆破音，它的发音方法是：舌尖及舌面前端抵住上齿龈处堵塞气流，然后突然放开舌尖使气流爆发而出，这时声带不振动。

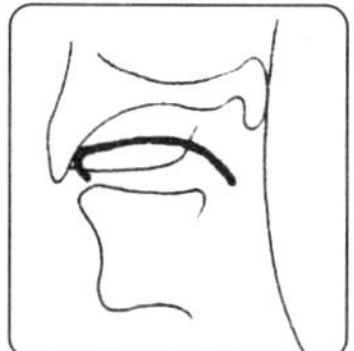

● [tʃ]是破擦音，它的发音方法是：舌尖抵住上齿龈，舌面前端接触硬腭形成阻塞，堵塞气流，然后在此处突然放开一个狭窄间隙，使气流从间隙摩擦挤出，声带不振动。

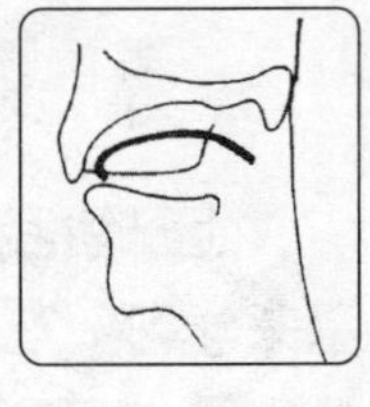

● [ts]也是破擦音，其发音方法是：舌面前端接触上齿背及上齿龈之间堵塞气流，然后在此处突然放开一个狭窄间隙，使气流从间隙摩擦挤出，声带不振动。

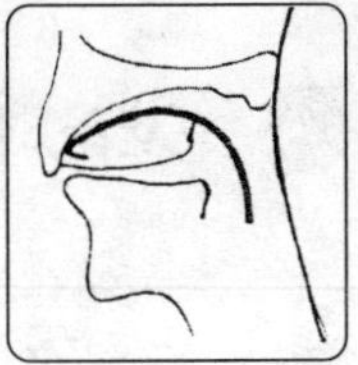

“た行”假名中，“つ”的发音不太好掌握，一定要多练习。

B 练习与活用

1. 跟录音反复练习“た行”假名发音

た　ち　つ　て　と

タ　チ　ツ　テ　ト

2.按笔顺反复书写"た行"平假名和片假名，边写边读。

(附录：日语假名的写法 P144~145)

建议： 准备五张卡片，在卡片的正反两面分别写上"た行"假名的平假名和片假名。任意抽出卡片进行认读。

又是7分钟，是不是已经对"た行"假名很熟悉了^_^ "つ"的发音也咬准了吧！下面我们继续强化训练。

3.跟读练习

た	ち	つ	て	と
タ	チ	ツ	テ	ト
たた	たち	たつ	たて	たと
チタ	チチ	チツ	チテ	チト

つた　つち　つつ　つて　つと

テタ　テチ　テツ　テテ　テト

とた　とち　とつ　とて　とと

たちつ　たつて　たてと

チツテ　チテト　チトタ

つてと　つとた　つたち

テトタ　テタチ　テチツ

とたち　とちつ　とつて

たちつて たつてと たてとち

チツテト チテトタ チトタツ

つてとた つとたち つたちて

テトタチ テタチツ テチツト

とたちつ とちつて とつてた

たちつてと チテタトツ

たちつとてとたとタテチツテトタト

4.跟读以下日语单词，注意音调

■ あいさつ　①[挨拶] 寒暄；致敬；打招呼

- あいて ③ [相手] 对手；伙伴；对象
- あたたかい ④ [暖かい] 暖和；热情；富裕
- あつい ② [暑い] 热
- いたい ② [痛い] 疼痛；痛苦
- いちい ② [一位] 第一名
- いつ ① [何時] 什么时候
- うち ⓪ [家] 家；家庭
- うつくしい ④ [美しい] 美丽
- おと ② [音] 声音
- かたち ⓪ [形] 形状；形式；容貌
- きせつ ②① [季節] 季节
- くち ⓪ [口] 嘴；说话；口味
- こうつう ⓪ [交通] 交通
- ことし ⓪ [今年] 今年
- した ⓪② [下] 下面；下级；年纪小；差
- せいかつ ⓪ [生活] 生活；生计
- そと ① [外] 外面
- たかい ② [高い] 高；贵；高贵
- ちかい ② [近い] 近；亲近
- ちかてつ ⓪ [地下鉄] 地铁
- つき ② [月] 月亮；月份
- つくえ ⓪ [机] 桌子
- てすう ② [手数] 费心；费事
- テスト ① [test] 考试；测验
- とおい ⓪ [遠い] 远；从前；关系疏远
- としした ⓪ [年下] 年岁小

学到这里，我们已经能用学过的假名读出越来越多的单词啦！下面，让我们继续进行词组、短句训练吧！（注意汉字上的假名标音）

5. 反复跟读以下词组、短句，注意语调

❶ 挨拶(あいさつ)をする / 打招呼；致词

❷ 相手(あいて)にする / 共事；理睬

❸ 頭(あたま)が痛(いた)い / 头疼

❹ 一位(いちい)を占(し)める / 居首位

❺ 家(うち)へ帰(かえ)る / 回家

❻ お手数(てすう)をかけてすみません / 给您添麻烦真对不起

❼ 季節(きせつ)の変(か)わり目(め) / 换季

❽ 警察(けいさつ)を呼(よ)ぶ / 叫警察

❾ 交通(こうつう)の便(べん)がよい / 交通便利

❿ 心(こころ)が美(うつく)しい / 思想高尚；心眼好

⓫ 今年(ことし)は雪(ゆき)が多(おお)い / 今年雪大

⑫ 社会的地位が高い / 社会地位高

⑬ 生活を豊かにする / 提高生活水平

⑭ 外に出かける / 外出

⑮ 近いうちに北京へ行く / 最近要去北京

⑯ 地下鉄なら15分で行ける / 乘地铁的话15分钟就能到

⑰ 月が昇る / 月亮升上来

⑱ 机の下に猫がいる / 桌子下有猫

⑲ 手足が棒になる / 手脚麻木

⑳ テストに合格する / 考试及格；检查合格

㉑ 遠いところをご苦労でした / 远道而来，您辛苦了

㉒ 人の口がうるさい / 人言可畏

学的东西多了，单词、词组、短句也渐渐复杂起来了。一时记不住也别着急，慢慢来，我们现阶段的任务主要是通过单词、词组、短句的练习来巩固对假名的学习。

6. 默写“た行”平假名和片假名

7. 听写练习

た　ち　つ　て　と
たいこ たうえ たえす ちいき ちえ
ちけい ツアー つい つえ ていこう
ておい てき とあけ とおか とき

8. 将下列平假名改为片假名，片假名改为平假名

たおす　ちしき　つかう　てつ　とく
タキ　チセイ　ツク　テセイ　トケアウ

怎么样，都能写出来吧！　“た行”假名就学习到这里。下面我们再学几句日语的惯用句吧。

①いただきます / （吃东西之前）那我就不客气了。

②ごちそうさまでした / 承蒙款待。

6

第六讲　“な行”假名和发音（辅音）、练习

这一讲我们来学习“な行”假名。“な行”假名相对于前边学过的“さ行”假名和“た行”假名来说，发音相对容易一些。只是，一定要把“な行”假名发音和下面将要学习的“ら行”假名的发音区分清楚才行！那么，就让我们先来看一看“な行”假名吧！

A　准备篇

な行假名

平假名	な	に	ぬ	ね	の
片假名	ナ	ニ	ヌ	ネ	ノ
罗马字	na	ni	nu	ne	no
国际音标	na	ni	nu	ne	no

发音要领

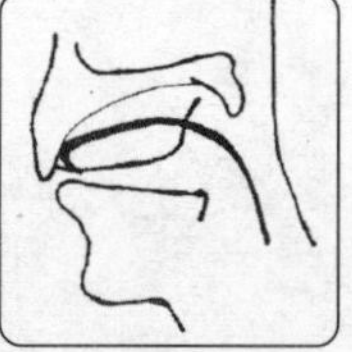

“な行”五个假名是由浊辅音[n]分别与五个元音拼合构成的。[n]是鼻音，其发音方法是：舌尖及舌前端抵住上齿龈和硬腭最前端，堵塞口腔气流通道，振动声带，使声音经鼻腔流出。[n]发出后，突然将口内阻塞放开，使声音又由口腔冲出便成“な行”音。

怎么样，把浊辅音[n]的发音掌握好，“な行”假名发音并不难吧 ^_^

下面，我们一起做练习吧！

B 练习与活用

1. 跟录音反复练习“な行”假名发音

な　に　ぬ　ね　の

ナ　ニ　ヌ　ネ　ノ

2. 按笔顺反复书写“な行”平假名和片假名，边写边读。

（附录：日语假名的写法 P144~145）

建议：准备五张卡片，在卡片的正反两面分别写上“な行”假名的平假名和片假名。任意抽出卡片进行认读。

经过前几讲的学习，现在写起假名来也不那么吃力了吧^_^怎么样，对“な行”假名已经基本能读会写了吧！学会了读写，我们还要掌握它的运用。下面，我们一起做活用练习，看看“な行”假名的实际运用。

3.跟读练习

な	に	ぬ	ね	の
ナ	ニ	ヌ	ネ	ノ

なな	なに	なぬ	なね	なの
ニナ	ニニ	ニヌ	ニネ	ニノ
ぬな	ぬに	ぬぬ	ぬね	ぬの
ネナ	ネニ	ネヌ	ネネ	ネノ

のな　のに　のぬ　のね　のの

なにぬ　なぬね　なねの
ニヌネ　ニネノ　ニノナ
ぬねの　ぬのな　ぬなに
ネノナ　ネナニ　ネニヌ
のなに　のにぬ　のぬね

なにぬね なぬねの なねのに
ニヌネノ ニネノナ ニノナヌ
ぬねのな ぬのなに ぬなにね
ネノナニ ネナニヌ ネニヌノ
のなにぬ のにぬね のねなに

なにぬねの　ニネナノヌ
なにぬのねのなのナネニヌネノナノ

4. 跟读以下日语单词，注意音调

- あなた　② 你
- あに　① [兄] 哥哥
- あね　⓪ [姉] 姐姐

■ いなか　⓪[田舎] 乡下；故乡

■ いぬ　②[犬] 狗；奸细

■ おかね　⓪[お金] 钱

■ おなか　⓪[お腹] 肚子

■ くに　⓪②[国] 国家；家乡

■ さかな　⓪[魚] 鱼

■ せなか　⓪[背中] 后背；背面

■ たね　①[種] 种子；根源；原料

■ テニス　①[tennis] 网球

■ なか　①[中] 内部；其中

■ なく　⓪[泣く] 哭

■ なつ　②[夏] 夏天

■ なに　①[何] 什么

■ にく　②[肉] 肉

■ ぬく　⓪[抜く] 拔掉；省略；超越

■ ネクタイ　①[necktie] 领带

■ ねこ　①[猫] 猫

■ ノート　①[note] 笔记本

我们已经可以用学过的假名表达越来越多的词汇啦！下面，让我们再进一步，做一下有关“な行”假名的词组、短句训练吧！（注意汉字上的假名标音）

5.反复跟读以下词组、短句，注意语调

❶ 田舎(いなか)に帰(かえ)る / 回乡下

❷ 大(おお)きい魚(さかな) / 大鱼

❸ お書(か)きなさい / 请写

❹ お腹(なか)がすいた / 肚子饿了

❺ 金(かね)がうなるほどある / 很有钱

❻ 草(くさ)を抜(ぬ)く / 拔草

❼ 国(くに)を治(おさ)める / 治国

❽ 声(こえ)を出(だ)して泣(な)く / 放声大哭

❾ これをあなたに差(さ)し上(あ)げます / 这个给您

❿ 背中(せなか)を向(む)ける / 扭过身去

⓫ 種(たね)をまく / 播种

⓬ テニスの試合(しあい)をする / 赛网球

⓭ なくてななくせ / 世上无完人

⓮ 夏(なつ)が来(く)る / 夏天到来

⑮ 何(なに)を買(か)うの / 买什么

⑯ 肉(にく)を料理(りょうり)する / 做 肉 菜

⑰ ネクタイを締(し)める / 系领带

⑱ 日(ひ)は西(にし)にかたむいた / 太阳已经偏西了

6. 默写“な行”平假名和片假名

7. 听写练习

な　に　ぬ　ね　の

ない　なお　なたね

にうけ　にえ　にかい

ぬう　ぬか　ぬきさし

ねうち　ねつあい　ねなし

のう　のき　のこす

8. 将下列平假名改为片假名，片假名改为平假名

なつかしい　にき　ぬきあし　ねちこい　のち　ナナエ　ニクイ　ヌケアナ　ネタ　ノク

好了，“な行”假名的学习就到这里。接下来我们再来看一组日语惯用句。

①どうもありがとうございます / 非常感谢。
②いいえ、どういたしまして / 不客气。

这一讲就到这里。ごくろうさまでした（大家辛苦了）。

7

第七讲 “は行”假名和发音（辅音）、练习

在第一讲中我们讲过，现代日语五十音图中的清音实际上是四十六个。前面我们已经学习了“あ行”“か行”“さ行”“た行”“な行”共五行二十五个假名，也就是说，我们已经学习了五十音图的过半内容啦！这一讲我们继续来学习“は行”假名。先让我们认识它们一下吧 ^_^

A 准备篇

は行假名

平假名	は	ひ	ふ	へ	ほ
片假名	ハ	ヒ	フ	ヘ	ホ
罗马字	ha	hi	hu(fu)	he	ho
国际音标	ha	çi	øu	he	ho

发音要领

“は行”五个假名中的“は”“へ”“ほ”是由清辅音[h]分别与[a] [e] [o]拼合构成，“ひ”是由清辅音[ç]和[i]拼合构成，“ふ”是由清辅音[ø]和[u]拼合构成的。

- [h]是声门摩擦音，发音方法是：嘴张开，使气流从舌根和软腭中间摩擦而出。注意日语的[h]不同于汉语拼音的“h”，不是舌根软腭摩擦音。

- [ç]是前舌硬腭摩擦音，其发音方法是：口微开，舌尖抵下齿龈处，前舌面隆起接近硬腭形成狭窄间隙，不振动声带，使气流从间隙摩擦而出，再振动声带发“い”便成“ひ”。

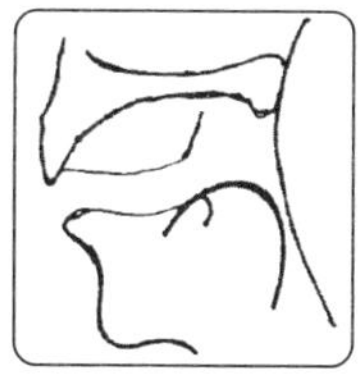

- [ø]是双唇摩擦音，也有的学者用[f]表示，其发音方法是：双唇微开，略向两侧拉平，双齿接近下唇，但不能触及，中间留一缝隙，不振动声带，使气流从双唇间摩擦而出，再振动声带发“う”音便成“ふ”。

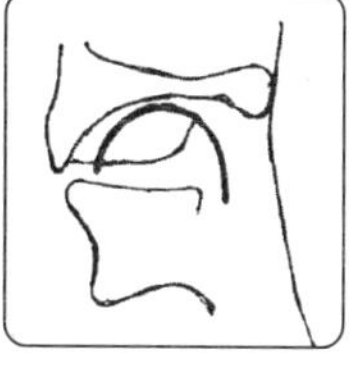

“は行”假名中“ひ”和“ふ”的发音不太容易掌握，大家一定要多读多练。那么，下面我们就开始做练习吧！通过这些练习，我们将更好更快地掌握“は行”假名。

练习开始啦！大家集中精力呀！

B 练习与活用

1. 跟录音反复练习“は行”假名发音

は ひ ふ へ ほ

ハ ヒ フ ヘ ホ

下面我们还有强化练习，按步骤继续下去吧！接下来我们做书写练习。

2.按笔顺反复书写“は行”平假名和片假名，边写边读。

（附录：日语假名的写法 P144~145）

建议：准备五张卡片，在卡片的正反两面分别写上“は行”假名的平假名和片假名。任意抽出卡片进行认读。

下一步我们要做朗读练习了。在朗读过程中，大家要边读边记，在反复练习的过程中学会“は行”假名。

3.跟读练习

は	ひ	ふ	へ	ほ
ハ	ヒ	フ	ヘ	ホ

は は	は ひ	は ふ	は へ	は ほ
ヒ ハ	ヒ ヒ	ヒ フ	ヒ ヘ	ヒ ホ
ふ は	ふ ひ	ふ ふ	ふ へ	ふ ほ
ヘ ハ	ヘ ヒ	ヘ フ	ヘ ヘ	ヘ ホ
ほ は	ほ ひ	ほ ふ	ほ へ	ほ ほ

は ひ ふ	は ふ へ	は へ ほ
ヒ フ ヘ	ヒ ヘ ホ	ヒ ホ ハ
ふ へ ほ	ふ ほ は	ふ は ひ
ヘ ホ ハ	ヘ ハ ヒ	ヘ ヒ フ
ほ は ひ	ほ ひ ふ	ほ ふ へ

は ひ ふ へ は ふ へ ほ は へ ほ ひ

ヒ フ ヘ ホ ヒ ヘ ホ ハ ヒ ホ ハ フ

ふへほは ふほはひ ふはひへ
ヘホハヒ ヘハヒフ ヘヒフホ
ほはひふ ほひふへ ほふへは

はひふへほ ヒヘハホフ
はひふほへほはほハヘヒフヘホハホ

现在，我们开始学习单词。在学单词的过程中继续巩固已有的学习成果。

4. 跟读以下日语单词，注意音调

- あさひ ① [朝日] 朝阳
- さいふ ⓪ [財布] 钱包
- ハイテク ⓪ [high technology] 高科技
- はきけ ③ [吐き気] 恶心；想呕吐
- はこ ⓪ [箱] 箱子；盒子
- はし ② [橋] 桥
- はし ① [箸] 筷子
- はたち ① [二十歳] 二十岁
- はつか ⓪ [二十日] 二十号；二十天
- はな ② [花] 花；黄金时期
- はな ⓪ [鼻] 鼻子

■ はなす ② [話す] 说话；商谈
■ はは ① [母] 妈妈
■ ひかく ⓪ [比較] 比较
■ ひく ⓪ [引く] 拉；吸引
■ ひくい ② [低い] 低；矮；低微
■ ひと ⓪ [人] 人；成人
■ ふえ ⓪ [笛] 笛子；哨子
■ ふかい ② [深い] （距离、关系、时间、程度等）深
■ ふつう ⓪ [普通] 普通
■ ふね ① [船] 船
■ ヘア ① [hair] 头发
■ へいせい ⓪ [平成] 平成（日本年号）
■ へた ② [下手] 笨拙；不小心
■ ほうそう ⓪ [放送] 广播
■ ほか ⓪ [他] 其他；别处
■ ほし ⓪ [星] 星星
■ ほそい ② [細い] 細；窄
■ ほね ⓪ [骨] 骨；骨干；费力气的事

现在，让我们更进一步，继续学习有关“は行”假名的词组、短句吧！（注意汉字上的假名标音）

5. 反复跟读以下词组、短句，注意语调

❶ お母(かあ)さんどこ? ——はい、ここよ / 妈妈你在哪儿? ——唉，在这儿呢

❷ 彼女(かのじょ)は料理(りょうり)が実(じつ)に下手(へた)だ / 她做菜确实不行

❸ 今日(きょう)は「母(はは)の日(ひ)」だ / 今天是母亲节

❹ この部屋(へや)は朝日(あさひ)がさす / 这间房子早晨有阳光

❺ 財布(さいふ)の口(くち)を締(し)める / 紧缩开支

❻ 随分(ずいぶん)骨(ほね)の折(お)れる仕事(しごと)だ / 是一件很费力的工作

❼ 背(せ)が低(ひく)い / 身材矮小

❽ 綱(つな)を引(ひ)く / 拉绳

❾ 吐(は)き気(け)がする / 想呕吐

❿ 橋(はし)を渡(わた)す / 过桥

⓫ 旗(はた)を上(あ)げる / 升旗

⓬ 花(はな)が咲(さ)く / 开花儿

⓭ 鼻(はな)がつまる / 鼻子不通气

⑭ 話(はな)せば長(なが)くなる / 说来话长

⑮ 人(ひと)をばかにする / 欺负人

⑯ 皮膚(ひふ)が荒(あ)れている / 皮肤粗糙

⑰ 笛(ふえ)を吹(ふ)く / 吹笛子

⑱ 普通(ふつう)の状態(じょうたい)に戻(もど)る / 恢复常态

⑲ 船(ふね)に酔(よ)う / 晕船

⑳ 放送(ほうそう)を聞(き)く / 听广播

㉑ 他(ほか)から来(き)た人(ひと) / 别处来的人

㉒ 星(ほし)をまき散(ち)らした空(そら) / 满天星斗

㉓ 私(わたし)は彼(かれ)とは比較(ひかく)にならない / 我比不上他

下面我们要验证一下这堂课学习的成果啦！动笔写一写，写得出来，才能算真正掌握了！

6. 默写“は行”平假名和片假名

7. 听写练习

は　ひ　ふ　へ　ほ
はあく はいけい はう ひいき ひく
ひていふあいそう
ふい ふうう へいき へす へそ ほお
ほきほこう

8. 将下列平假名改为片假名，片假名改为平假名

はえ　ひふ　ふす　へき　ほさ
ハキ　ヒナ　フセイ　へこたこ　ホス

怎么样，都能写出来吧！我们再学几句日语的惯用句吧。

①お久(ひさ)しぶりですね。お元気(げんき)ですか / 好久不见了，你好吗?

②はい、元気(げんき)です / 是的，我很好。

五十音图的学习已经过半了，一起加油啊!

8 第八讲 “ま行”假名和发音（辅音）、练习

在上一讲中，我们学习了“は行”假名，今天我们继续来学习“ま行”假名。首先让我们来做一下准备活动。

A 准备篇

な行假名

平假名	ま	み	む	め	も
片假名	マ	ミ	ム	メ	モ
罗马字	ma	mi	mu	me	mo
国际音标	ma	mi	mu	me	mo

发音要领

ま行假名的发音，由浊辅音[m]和[a] [i] [u] [e] [o]五个假名拼合而成，发[m]时，双唇闭合形成阻塞，振动声带，使气流从鼻腔流出。

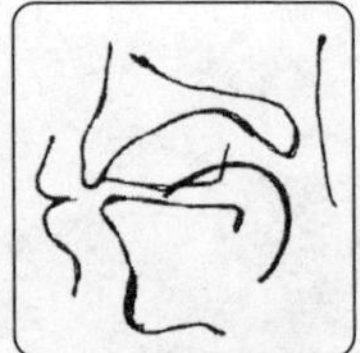

按照惯例，又到了做练习的时间了。准备好了吗？开始吧！

B 练习与活用

1. 跟录音反复练习“ま行”假名发音

ま　み　む　め　も

マ　ミ　ム　メ　モ

读起来并不太难吧！下面我们一起来练习书写“ま行”假名。

2. 按笔顺反复书写“ま行”平假名和片假名，边读边写。

（附录：日语假名的写法　P144~145）

建议：准备五张卡片，在卡片的正反两面分别写上“ま行”假名的平假名和片假名。任意抽出卡片进行认读。

下面我们进行跟读练习。

3.跟读练习

ま　　み　　む　　め　　も
マ　　ミ　　ム　　メ　　モ

まま　まみ　まむ　まめ　まも
ミマ　ミミ　ミム　ミメ　ミモ
むま　むみ　むむ　むめ　むも
メマ　メミ　メム　メメ　メモ
もま　もみ　もむ　もめ　もも

まみむ　まむめ　まめも
ミムメ　ミメモ　ミマモ
むめも　むもま　むまみ

メモマ　メママミ　メミム
もまみ　もみむ　もむめ

まみむめ　まむめも　まめもみ
ミマムメ　ミムメモ　ミメモマ
むめもま　むもまみ　むまみめ
ミモマミ　メマミム　メミムモ
もまみむ　もみむめ　もむめま

まみむめも　ミメマモム
まみむもめもまもマメミムメモマモ

4. 跟读以下日语单词，注意音调

- あまい　②［甘い］甜；甜蜜；说好话
- うま　②［馬］马
- うまい　②可口；巧妙
- うみ　①［海］大海
- おもい　⓪［重い］重、沉重；重大
- かいもの　⓪［買い物］购物
- かみ　②［紙］纸
- さしみ　③［刺身］生鱼片
- さむい　②［寒い］寒冷

- たのむ　②[頼む] 拜托；请求
- にもつ　①[荷物] 行李；负担
- のむ　①[飲む] 喝
- ハム　①[ham] 火腿
- まえ　①[前]　前面；（时间上）～以前
- ミス　①[miss] 错误；失误
- みち　⓪[道]　道路；道义；方法
- みみ　②[耳] 耳朵；听力
- むかし　⓪[昔] 以前
- むし　⓪[虫]　虫子；热衷
- むすめ　③[娘]　女儿；姑娘
- もの　②[物] 东西
- もも　⓪[桃]　桃子；桃树

很好！掌握了上面这组单词，我们可以进行相应的词组、短句练习啦！（注意汉字上的假名标音）

5.反复跟读以下词组、短句，注意语调

❶ 頭(あたま)をさげて頼(たの)む / 俯首请求

❷ 甘(あま)い愛(あい)のささやき / 甜蜜的爱情细语；甜言蜜语

❸ うまい刺身（さしみ）/ 好吃的生鱼片

❹ 海（うみ）が荒（あ）れる / 海面波涛汹涌；海上起大浪

❺ 買（か）い物（もの）をする / 买东西

❻ 壁（かべ）に耳（みみ）あり / 隔墙有耳

❼ 気（き）が重（おも）い / 精神郁闷

❽ 薬（くすり）を飲（の）む / 吃药

❾ 寒（さむ）くてかなわない / 冷得受不了

❿ 種（たね）を撒（ま）く / 播种

⓫ 荷物（にもつ）を預（あず）ける / 寄存行李

⓬ 母（はは）を思（おも）う / 思念母亲

⓭ 前（まえ）を向（む）く / 向前；朝前

⓮ ミスを犯（おか）す / 犯错误

⓯ 道（みち）に迷（まよ）う / 迷路

⓰ 昔（むかし）の建物（たてもの）/ 过去的建筑物

⓱ 物（もの）を大切（たいせつ）にする / 珍惜物品；爱护东西

⓲ 桃（もも）を食（た）べる / 吃桃子

下面我们要验证一下这堂课学习的成果啦!

6. 默写“ま行”平假名和片假名

7. 听写练习

ま　　み　　む　　め　　も
まさか　ますます　まつ　みあい
みうけ　みえ
むいか　むかう　むすこ
めあて　めい　めうえ
もえ　もしもし　もののけ

8. 将下列平假名改为片假名，片假名改为平假名

まね	みそ	むくち	めきき
もつ	マタ	ミツイ	ムニ
メヒキ	モチ		

好，“ま行”假名的学习就到这里。接下来我们再来看一看惯用句。

①いらっしゃいませ/（店员说）欢迎光临。
②コーヒーをお願いします/（顾客说）我要一杯咖啡。

“大家辛苦啦”，用日语怎么说？还记得吗？

豆知識2：

假名的由来

假名有平假名和片假名两种字体。平假名是由汉字的草体简化而来，片假名则是由汉字的楷体简化而来，采用了汉字的偏旁部首。（请参看下表）

平假名：

安	あ	以	い	宇	う	衣	え	於	お
加	か	幾	き	久	く	計	け	己	こ
左	さ	之	し	寸	す	世	せ	曽	そ
太	た	知	ち	門	つ	天	て	止	と
奈	な	仁	に	奴	ぬ	祢	ね	乃	の
波	は	比	ひ	不	ふ	部	へ	保	ほ
末	ま	美	み	武	む	女	め	毛	も
也	や	由	ゆ	与	よ	良	ら	利	り
留	る	礼	れ	呂	ろ	和	わ	為	ゐ
恵	ゑ	遠	を	无	ん				

片假名：

阿	ア	伊	イ	宇	ウ	江	エ	於	オ
加	カ	幾	キ	久	ク	氣	ケ	己	コ
散	サ	之	シ	須	ス	世	セ	曽	ソ
多	タ	千	チ	州	ツ	手	テ	止	ト
奈	ナ	仁	ニ	奴	ヌ	祢	ネ	乃	ノ
八	ハ	比	ヒ	不	フ	部	ヘ	保	ホ
万	マ	三	ミ	牟	ム	女	メ	毛	モ
也	ヤ	由	ユ	輿	ヨ	良	ラ	利	リ
流	ル	礼	レ	呂	ロ	和	ワ	井	ヰ
卫	ヱ	乎	ヲ	二	ン				

第九讲 “や行”假名和发音（半元音）、练习

这一讲我们学习“や行”假名。“や行”假名一共只有三个，在前几讲的基础上，学“や行”假名相对来说会轻松些哦！

A 准备篇

や行假名

平假名	や	ゆ	よ
片假名	ヤ	ユ	ヨ
罗马字	ya	yu	yo
国际音标	ja	ju	jo

发音要领

“や行”一共只有三个假名“や”、“ゆ”、“よ”。它们分别由半元音[j]与[a] [u] [o]拼合而成。

[j]的发音口型和[i]大致相同。发音时舌尖抵住下齿，舌面抬起接近硬腭，振动声带，使声音从缝隙间摩擦而出。

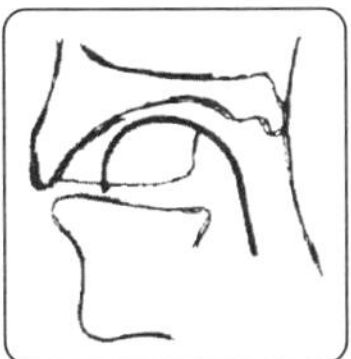

好啦，已经认识了“や行”假名了吧。下面我们要开始发音练习啦！

B 练习与活用

1. 跟录音反复练习“や行”假名发音

や　ゆ　よ

ヤ　ユ　ヨ

2. 按笔顺反复书写“さ行”平假名和片假名，边写边读，直至能够默出平假名和片假名。

（附录：日语假名的写法 P144~145）

建议： 请准备三张卡片，在卡片的正反两面分别写上“や行”假名的平假名和片假名。任意抽出卡片进行认读。

怎么样，大家已经掌握了“や行”假名了吧。下面我们进行跟读练习，准备好了吗？

3.跟读练习

や	ゆ	よ
ヤ	ユ	ヨ
やや	やゆ	やよ
ユヤ	ユユ	ユヨ
よや	よゆ	よよ
やゆよ	や よ ゆ	
ユヨヤ	ユ ヤ ヨ	
よやゆ	よゆや	

很好！让我们把“や行”假名应用于实际来学习一些单词的读法。单词的意思大家不必急于记忆，现阶段只要把假名和词调读准就可以啦！学会了假名，单词以后可以再慢慢消化。

4.跟读以下日语单词，注意音调

- おおや　① [大家] 房东；房主
- おゆ　⓪ [お湯] 开水、热　水
- およそ　⓪ [凡そ] 大概
- くやしい ③ [悔しい] 后　悔
- さかや　⓪ [酒屋] 酒铺；买酒的
- まゆ　① [眉] 眉　毛
- やおや　⓪ [八百屋] 蔬菜水果店
- やきもち ④ [焼き餅] 嫉妒；吃醋
- やく　① [約] 大　约
- やさい　⓪ [野菜] 蔬菜
- やすい　② [易い] 容易；简　单
- やすみ　③ [休み] 休息；假日
- やま　② [山] 山
- やみ　② [闇] 黑暗；不知所措
- ゆうやけ ⓪ [夕焼け] 晚霞
- ゆく　⓪ [行く] 去；走
- ゆくえ　⓪ [行方] 去向；行踪
- よし　① [良し] 好；可　以
- よふかし ② [夜更かし] 熬夜

以上我们学了一些单词的读法，下面再让我们来看一些词组和短句。

5. 反复跟读以下词组、短句，注意语调

❶ 一寸先は闇だ / 前途莫测

❷ 大家さんに家賃を払う / 向房东付房租

❸ 凡その見当がついた / 有了大概的估计

❹ 眉を引く / 描眉

❺ 八百屋で野菜を買う / 在蔬菜店买菜

❻ 焼き餅を焼く / 吃醋；嫉妒

❼ 休みの日に本屋へ行く / 休息日去书店

❽ 山に登る / 爬山

❾ 夕焼け小焼け / 晚霞渐淡

❿ 行方が分からない / 行踪不明

⓫ 他所を向いて知らんふりをする / 扭头装不知道

⓬ 夜更かしするな / 不要熬夜

下面我们要检验一下我们今天的学习成果啦。请大家把书合上，拿出纸和笔。准备好了吗？我们开始吧。

6．首先，请默写出“や行”平假名和片假名。

7．下面我们进行听写练习

や　　ゆ	よ	
やかましい	やけい	やし
ゆかい	ゆき	ゆのみ
よあけ	ようい	よむ

8．将下列平假名改为片假名，片假名改为平假名。做完以后对照五十音图，看自己写对了没有。

やせる	やない	ゆうそう	ゆ　め
ようす	よほう	ヤツ	ヤトウ
ユミ	ユヤ	ヨカ	ヨクアサ

“や行”假名就学习到这里。下面我们照例来看一看日语惯用句。

①お休みなさい / 晚安。
②さようなら / 再见。

10

第十讲 “ら行”假名和发音（辅音）、练习

这一讲，我们来学习“ら行”假名。“ら行”假名是五十音图中的第九行假名，学完“ら行”假名，五十音图的学习就接近尾声了。加油啊！

A 准备篇

ら行假名

平假名	ら	り	る	れ	ろ
片假名	ラ	リ	ル	レ	ロ
罗马字	ra	ri	ru	re	ro
国际音标	ra	ri	ru	re	ro

发音要领

“ら行”假名是由浊辅音[r]和[a] [i] [u] [e] [o]相拼而成的。[r]是舌尖弹音，发[r]时，舌尖接近硬腭，振动声带时，舌尖向外轻弹一下。

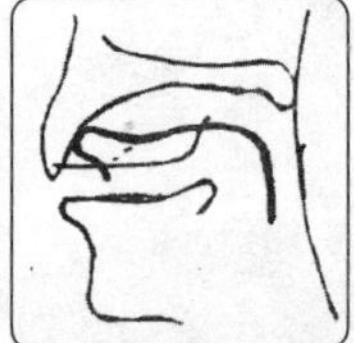

“ら行”假名的发音不是很复杂，但是一定要注意和“な行”相区别。好，下面我们开始做练习，一起体会一下“ら行”假名的发音吧！

B 练习与活用

1. 跟录音反复练习“ら行”假名发音

ら　り　る　れ　ろ

ラ　リ　ル　レ　ロ

注意体会：振动声带，舌尖轻弹上齿龈。

2. 按笔顺反复书写“ら行”平假名和片假名，边写边读。

（附录：日语假名的写法 P144~145）

建议： 准备五张卡片，在卡片的正反两面分别写上“ら行”假名的平假名和片假名。任意抽出卡片进行认读。

怎么样，能够区分好“ら行”和“な行”吧。下面我们继续做巩固练习，帮助大家尽快掌握“ら行”假名。

3.跟读练习

ら　り　る　れ　ろ
ラ　リ　ル　レ　ロ

らら　らり　らる　られ　らろ
リラ　リリ　リル　リレ　リロ
るら　るり　るる　るれ　るろ
レラ　レリ　レル　レレ　レロ
ろら　ろり　ろる　ろれ　ろろ

らりる　らるれ　られろ

リルレ　リレロ　リロラ
るれろ　るろら　るらり
レロラ　レラリ　レリル
ろらり　ろりる　ろるれ

らりるれ らるれろ られろり
リルレロ リレロラ リロラル
るれろら るろらり るらりれ
レロラリ レラリル レリルロ
ろらりる ろりるれ ろれらり

らりるれろ　リレラロル
らりるろれろらろラレリルレロラロ

很好，下面我们将在单词中继续来巩固假名的学习。在跟老师朗读之前，大家可以自己先尝试一下，看自己能不能够正确地读出下列单词。

4.跟读以下日语单词，注意音调

- かえる　⓪　[蛙] 青蛙
- きいろい　⓪③[黄色い] 黄 色
- クリスマス　③　[Christmas] 圣诞节

- くろい ② [黒い] 黑 色
- コカ・コーラ ③ [Coca-Cola] 可 口 可 乐
- しろい ② [白い] 白 色
- そら ① [空] 天 空
- なら ① [奈良] 奈 良
- にら ⓪ [韮] 韭菜
- ぬる ⓪ [塗る] 涂；擦
- みる ① [見る] 看
- ラジオ ① [radio] 收 音 机
- ラスト ① [last] 最后；末 尾
- らっぱ ⓪ [喇叭] 喇叭；小 号
- りえき ① [利益] 利益；利 润
- りくつ ⓪ [理屈] 理论；道理
- リス ① [栗鼠] 松 鼠
- ろくおん ⓪ [録音]

5. 反复跟读以下词组、短句，注意语调

❶ 映画(えいが)を見(み)る / 看电影

❷ 黄色(きいろ)い声(こえ) / （妇女、小孩儿的）尖声；尖叫声；假嗓音

❸ 景気(けいき)が悪(わる)くて利益(りえき)がない / 市面萧条，无利可赚

❹ 白鳥（はくちょう）が空（そら）を飛（と）ぶ / 天鹅在天上飞

❺ トーストにバターを塗（ぬ）る / 烤面包上涂奶油

❻ メリー・クリスマス / 圣诞节快乐

❼ 理屈（りくつ）に合（あ）っている / 合乎道理

❽ ラジオを聞（き）く / 听收音机

❾ ラストを走（はし）る / 跑在最后

❿ らっぱを吹（ふ）く / 吹喇叭；吹牛

下面又到了我们检验学习成果的时候啦。如果觉得不是很有信心，在进入默写、听写和改写之前，还可以用几分钟时间再温习一下。好了，开始测试啦！请把书合上。

6．默写“ら行”平假名和片假名

7．听写练习

らりるれろ
かれら　ライフ　らく　かりる
リスト　ふたり　よる　いる　るす
うしろ　のろのろ　ロシア

8.将下列平假名改为片假名，片假名改为平假名

あたらしい	りかい	しる	きれい
ろうか	ライス	リッパ	ホテル
トイレ	ウシロ		

好，对对答案，看自己掌握的情况怎么样。照例，又到了学习惯用句的时间了。请大家看一看下面这组对话。

①ごめんください / 有人吗?
②はい、どうぞ / 有，请进。

大家辛苦啦！这句话用日语说是“お疲れ様でした”。

11

第十一讲 “わ行”假名和发音（半元音）、练习；拨音的发音、练习

这一讲，我们来学习“わ行”假名和拨音。“わ行”是五十音图中的最后一行，只有两个假名。拨音是五十音图的最后一个音。学完了这一讲，我们就能掌握整个五十音图啦！

A 准备篇

わ行假名

平假名	わ	を
片假名	ワ	ヲ
罗马字	wa	wo
国际音标	wa	o

发音要领

“わ”是复合元音，由半元音[w]和元音[a]拼合而成。

“を”与“あ行”假名的“お”发音相同，但它在现代日语中只做助词用。

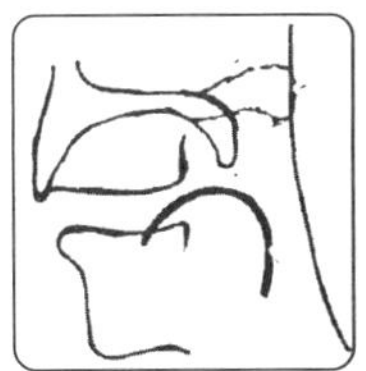

“ん”在日语中的发音比较特殊，它不单独使用，也不位于单词的开始。它通常跟在其他假名后面一起构成日语单词。发音时，“ん”要占一拍的音长。发“ん”的时候，嘴唇完全闭合，气流从鼻腔流出。

在已有的基础上，掌握“わ行”假名和拨音比较容易吧。下面我们开始做练习，一起巩固一下“わ行”假名和拨音！

B 练习与活用

1. 跟录音反复练习“わ行”假名发音和拨音

わ	を	ん
ワ	ヲ	ン

2. 按笔顺反复书写“わ行”假名和拨音的平假名及片假名，边写边读。

（附录：日语假名的写法 P144~145）

建议：准备三张卡片，在卡片的正反两面分别写上“わ行”假名和拨音的平假名及片假名。任意抽出卡片进行认读。

大家一定已经掌握了“わ行”假名和拨音了吧。“わ”的字形和“れ”比较像，大家要注意区分。下面我们来做朗读练习。

3. 跟读练习

わ　を　ん

ワ　ヲ　ン

わわ　わを　わん

ヲヲ　ヲワ　ヲン

わをん　わんを

ヲワン　ヲンワ

很好，下面我们将在单词中继续来巩固这一讲所学的假名。在跟读之前，大家可以自己先尝试着读一下。

4. 跟读以下日语单词，注意音调

- いわう　②[祝う] 庆祝；祝贺
- インク　①[ink] 墨水
- けんか　⓪[喧嘩] 吵架；打架
- こうえん ⓪[公園] 公园
- さんか　⓪[参加] 参加
- しんねん ①[新年] 新年
- しんわ　⓪[神話] 神话
- せんそう ⓪[戦争] 战争
- へいわ　⓪[平和] 和平
- まわる　⓪[回る] 回转；转动
- やちん　①[家賃] 房租
- よわい　②[弱い] 弱；软弱
- れんあい ⓪[恋愛] 恋爱

- わし　① [和紙] 和纸
- わすれる ⓪ [忘れる] 忘记
- わらう　⓪ [笑う] 笑
- ワイン　① [wine] 葡 萄 酒
- ワンタン ③ 馄 饨

5.反复跟读以下词组、短句，注意语调

❶ 体(からだ)が弱(よわ)い / 身体弱

❷ 公園(こうえん)を散歩(さんぽ)する / 在公园散步

❸ 時間(じかん)のたつのも忘(わす)れる / 忘却时间流逝

❹ 新年(しんねん)おめでとう / 恭贺新年；新年好

❺ 戦争(せんそう)と平和(へいわ) / 战争与和平

❻ 誕生日(たんじょうび)を祝(いわ)う / 祝贺生日；祝寿

❼ 月(つき)は地球(ちきゅう)の回(まわ)りを回(まわ)る / 月亮绕着地球转

❽ 腹(はら)をかかえて笑(わら)う / 捧腹大笑

❾ 人(ひと)と喧嘩(けんか)をする / 跟人吵架

❿ 家賃(やちん)を上(あ)げる / 涨房租

⓫ 恋愛(れんあい)にふける / 沉迷于恋爱中

⓬ 労働者(ろうどうしゃ)が企業管理(きぎょうかんり)に参加(さんか)する / 工人参加企业管理

好了，下面我们要检验一下这一讲的学习成果。照例还是默写、听写和改写练习。准备好了吗？测试开始！请把书合上。

6. 默写“わ行”假名和拨音的平假名及片假名

7. 听写练习

わ　を　ん
わか　わたし　いわ　かんしん
ほんねまんねんひつ

8. 将下列平假名改为片假名，片假名改为平假名

わかる　かんわ　あんい　しんあい

イワシ　ワニ　インカン　オンイキ

怎么样，都做对了吧。五十音图的学习就到这里。从下一讲开始，我们要开始学习其他内容啦！我们再学习一下惯用句吧。请看一看下面这组对话。

①頑張(がんば)ってください / 请加油啊！

②はい、頑張(がんば)ります / 我会加油的！

明天见（明日(あした)また）！

豆知識了：

日语表记

公元5世纪前后，中国的汉字传入原本没有汉字的日本。现在的日语中有作为表意文字的汉字、作为表音文字的平假名和片假名三种表记方式。

第十二讲 “が行”假名和发音（辅音）、练习

我们所学的五十音图是日语语音中的清音，在接下去的课程中，我们还将学习日语语音中的浊音、半浊音。在日语中，浊音、半浊音和清音一样重要，大家千万不能忽视了浊音、半浊音的学习。

在进入正式学习之前，我们先看一下浊音、半浊音表，熟悉一下下几讲要学习的假名吧。

浊音、半浊音表

が行	が ガ	ぎ ギ	ぐ グ	げ ゲ	ご ゴ
ざ行	ざ ザ	じ ジ	ず ズ	ぜ ゼ	ぞ ゾ
だ行	だ ダ	ぢ ヂ	づ ヅ	で デ	ど ド
ば行	ば バ	び ビ	ぶ ブ	べ ベ	ぼ ボ
ぱ行	ぱ パ	ぴ ピ	ぷ プ	ぺ ペ	ぽ ポ

这一讲，我们首先来学习“が行”假名的发音。

A 准备篇

が行假名

平假名	が	ぎ	ぐ	げ	ご
片假名	ガ	ギ	グ	ゲ	ゴ
罗马字	ga	gi	gu	ge	go
国际音标	ga	gi	gu	ge	go

发音要领

“が行”五个假名的发音由浊辅音[g]和元音[a] [i] [u] [e] [o]拼合而成。[g]的发音部位和[k]完全相同，区别在于发[g]时，振动声带，而发[k]时不振动声带。

另外，“が行”假名位于词中或词尾时，辅音[g]要发成鼻音[ŋ]。此时舌尖顶住软腭，气流从鼻腔流出。

下面我们将通过大量的练习来帮助大家巩固对“が行”假名的掌握。

B 练习与活用

1.跟录音反复练习“が行”假名发音

が　ぎ　ぐ　げ　ご
ガ　ギ　グ　ゲ　ゴ

2.按笔顺反复书写“が行”平假名和片假名，边写边读。

（附录：日语假名的写法 P144~145）

建议：准备五张卡片，在卡片的正反两面分别写上“が行”假名的平假名和片假名。任意抽出卡片进行认读。

3.跟读练习

が　ぎ　ぐ　げ　ご
ガ　ギ　グ　ゲ　ゴ

がが　がぎ　がぐ　がげ　がご
ギガ　ギギ　ギグ　ギゲ　ギゴ
ぐが　ぐぎ　ぐぐ　ぐげ　ぐご
ゲガ　ゲギ　ゲグ　ゲゲ　ゲゴ
ごが　ごぎ　ごぐ　ごげ　ごご

がぎぐ　がぐげ　がげご
ギグゲ　ギゲゴ　ギゴガ
ぐげご　ぐごが　ぐがぎ
ゲゴガ　ゲガギ　ゲギグ
ごがぎ　ごぎぐ　ごぐげ

がぎぐげ がぐげご がげごぎ
ギグゲゴ ギゲゴガ ギゴガグ
ぐげごが ぐごがぎ ぐがぎげ
ゲゴガギ ゲガギグ ゲギグゴ
ごがぎぐ ごぎぐげ ごぐげが

がぎぐげご ギゲガゴグ
がぎぐごげごがごガゲギグゲゴガゴ

下面，我们朗读单词。要注意浊音的读法啊。

4. 跟读以下日语单词，注意音调

- ガール　①[girl] 女孩子；少女
- かいぎ　①[会議] 会议
- かがく　①[科学] 科学
- かぎ　②[鍵] 钥匙
- かぐ　①[家具] 家具
- かくご　①[覚悟] 精神准备
- ガム　①[gum] 口香糖
- ギア　①[gear] 齿轮；传动装置
- ぎかい　①[議会] 议会
- ぐあい　⓪[具合] 情况；状态
- ぐたいてき　⓪[具体的] 具体的；实际的
- げた　⓪[下駄] 日本式木屐
- ごい　①[語彙] 词汇
- ごかい　⓪[誤解] 误解
- ごご　①[午後] 下午
- しげき　⓪[刺激] 刺激
- すぐ　①笔直、正直

5. 反复跟读以下词组、短句，注意语调

❶ 会議(かいぎ)に出席(しゅっせき)する / 出席会议

❷ 科学(かがく)の力(ちから) / 科学的力量

❸ 家具(かぐ)をとりつける / 陈设家具

❹ 体(からだ)の具合(ぐあい)が悪(わる)い / 身体不舒服

❺ 議会(ぎかい)を解散(かいさん)する / 解散议会

❻ 具体的(ぐたいてき)な問題(もんだい)を具体的(ぐたいてき)に分析(ぶんせき)する / 具体问题具体分析

❼ 下駄(げた)をはく / 穿木屐

❽ 語彙(ごい)を豊富(ほうふ)にする / 丰富词汇

❾ 刺激(しげき)のない生活(せいかつ) / 平淡的生活

❿ すぐな人(ひと) / 耿直的人；直性子

⓫ ドアに鍵(かぎ)をかける / 锁上门

⓬ 必死(ひっし)の覚悟(かくご)で臨(のぞ)む / 破釜沉舟

⓭ 人(ひと)の誤解(ごかい)を招(まね)く / 招人误解

下面我们要验证一下这堂课学习的成果啦！大家动笔写一写，写得出来，才能算真正掌握了！试试看！

6. 默写“が行”平假名和片假名

7. 听写练习

が　ぎ　ぐ　げ　ご		
がいこく	がか	がっこう
ぎあん	ぎむ	いぎ
キング	ぬぐ	ぐらい
ひげ	みやげ	げんき
がいこくご	ごがつ	ゴム

8. 将下列平假名改为片假名，片假名改为平假名

いがい	うなぎ	どうぐ	かげ
にほんご	アンガイ	ギシキ	グラム
ゲキ	ゴウウ		

怎么样，大家已经熟悉了“が行”浊音了吧。在下面几讲中，我们还要继续学习“ざ行”“だ行”和“ば行”这三行浊音。接下来我们再来看一看惯用句。

①失礼（しつれい）します /（进门时）打扰您。

②お邪魔（じゃま）しました /（出门时）打扰您了。

休息一下吧 ^_^！

第十三讲 “ざ行”假名和发音（辅音）、练习

早上好（おはようございます）！今天我们接着来学习“ざ行”浊音。

A 准备篇

ざ行假名

平假名	ざ	じ	ず	ぜ	ぞ
片假名	ザ	ジ	ズ	ゼ	ゾ
罗马字	za	zi(ji)	zu	ze	zo
国际音标	dza	dʒi	dzu	dze	dzo

发音要领

在“ざ行”的五个假名中，“ざ”、“ず”、“ぜ”、“ぞ”是由浊辅音[dz]和元音[a] [u] [e] [o]相拼而成的。“じ”则是由浊辅音[dʒ]和元音[i]相拼而成的。

- 发[dz]音时，舌前部接触上齿形成阻塞，振动声带，使气流从缝隙中摩擦而出。

- 发[dʒ]音时，前舌面接触上颚形成阻塞，振动声带，使气流从缝隙中摩擦而出。

下面我们开始做练习。学过了“さ行”假名和“が行”假名，再做起“ざ行”假名的练习来大家一定会感到很轻松的。试试看！

B 练习与活用

1. 跟录音反复练习“ざ行”假名发音

ざ　じ　ず　ぜ　ぞ
ザ　ジ　ズ　ゼ　ゾ

2. 按笔顺反复书写“ざ行”平假名和片假名，边写边读。

（附录：日语假名的写法 P144~145）

建议：准备五张卡片，在卡片的正反两面分别写上“ざ行”假名的平假名和片假名。任意抽出卡片进行认读。

感觉还不错吧 ^_^

不过，艺贵在精，下面我们要继续做强化训练，精读精练！

3.跟读练习

ざ	じ	ず	ぜ	ぞ
ザ	ジ	ズ	ゼ	ゾ

ざざ	ざじ	ざず	ざぜ	ざぞ
ジザ	ジジ	ジズ	ジゼ	ジゾ
ずざ	ずじ	ずず	ずぜ	ずぞ
ゼザ	ゼジ	ゼズ	ゼゼ	ゼゾ

ぞざ　ぞじ　ぞず　ぞぜ　ぞぞ

ざじず　ざずぜ　ざぜぞ

ジズゼ　ジゼゾ　ジゾザ

ずぜぞ　ずぞざ　ずざじ

ゼゾザ　ゼザジ　ゼジズ

ぞざじ　ぞじず　ぞずぜ

ざじずぜ ざずぜぞ ざぜぞじ

ジズゼゾ ジゼゾザ ジゾザズ

ずぜぞざ ずぞざじ ずざじぜ

ゼゾザジ ゼザジズ ゼジズゾ

ぞざじず ぞじずぜ ぞずぜざ

ざじずぜぞ　ジゼザゾズ

ざじずぞぜぞざぞザゼジズゼゾザゾ

很好！大家读得很准。我们可以开始学习单词啦！在学习单词的过程中，让我们再巩固一下“ざ行”假名的发音和写法吧！

4. 跟读以下日语单词，注意音调

- かじ ① [火事] 火灾
- かんぜい ⓪ [関税] 关税
- ざしき ③ [座敷] 铺着席子的日本式房间
- じあい ⓪ [自愛] 保重
- じいしき ② [自意識] 自我意识；个性
- じかん ⓪ [時間] 时间
- じじつ ① [事実] 事实
- しずか ① [静か] 安静
- じぞく ⓪ [持続] 持续
- ずしき ⓪ [図式] 图表、图式
- ぜひ ① [是非] 是非；一定
- ぞうか ⓪ [増加] 增加
- そうじ ⓪ [掃除] 打扫
- そうぞう ⓪ [想像] 想像
- ひざ ⓪ [膝] 膝
- みず ⓪ [水] 水
- もみじ ① [紅葉] 红叶
- わざわざ ① 特意

下面，让我们继续进行词组、短句训练吧！

5.反复跟读以下词组、短句，注意语调

❶ 秋の野山は紅葉が美しい / 秋天山野的红叶很美

❷ 動かすことのできない事実 / 确凿不移的事；铁一般的事实

❸ 奥は座敷になっている / 里屋是铺着席子的房间

❹ 火事が起きた / 着火了

❺ 風邪を引く / 感冒

❻ 関税を払う / 缴纳关税

❼ 供給を増加する / 增加供给

❽ ご自愛を祈ります / 望您保重（身体）

❾ ざあざあ雨が降る / 大雨哗哗地下；大雨如注

❿ 自意識が強すぎる / 个性过强

⓫ 時間を惜しむ / 珍惜时间

⓬ 辞書を使って漢字の読み方を調べる / 用词典查汉字读音

⓭ 静かな人 / 文静的人

⓮ どうぞよろしく / 请多多关照

⓯ 膝をつき合わせて座る / 促膝而坐

⑯ 水(みず)をかける / 浇水；泼水

⑰ わざわざ出(で)かけていく / 特意前往

下面我们要动笔写一写，做一下书面练习。看看是否真正会用“ざ行”假名了。来，试试看！

6. 默写“ざ行”平假名和片假名

7. 听写练习

ざ　じ	ず　ぜ	ぞ	
ぎんざ	ざいえき	ざつ	じごく
しじ	じゆう	ずあん	ずのう
ちず	せいぜい	ぜいきん	ぜんぜん
かいぞく	かぞえる	どうぞ	

8. 将下列平假名改为片假名，片假名改为平假名

すざく	へんじ	ずいい	ぜいたく
かんぞう	ザイアク	ジカイ	キンズル
ノイローゼ	ジゾウ		

好，大家对一下答案，没问题吧！下课时间到了，“ざ行”假名就学习到这里。接下来我们继续惯用句的学习。

①最近どうですか / 最近怎么样?

②まあまあです / 还可以。

好，这一讲就到这里。下一讲我们要继续学习“だ行”浊音。大家还要再接再厉啊！

第十四讲 “だ行”假名和发音（辅音）、练习

这一讲我们接着来学习“だ行”假名。按照惯例，我们先做发音讲解，再做各项练习。

A 准备篇

だ行假名

平假名	だ	ぢ	づ	で	ど
片假名	ダ	ヂ	ヅ	デ	ド
罗马字	da	di(zi)	du(zu)	de	do
国际音标	da	dʒi	dzu	de	do

发音要领

“だ行”假名中的“だ”“で”“ど”是由浊辅音[d]分别和元音[a]［e］［o]拼合而成的。“ぢ”由浊辅音[dʒ]与[i]相拼而成，“づ”由浊辅音[dz]与[u]拼合而成。“ぢ”“づ”分别和“ざ行”的“じ”“ず”同音。

[d]的发音部位和方法与[t]相同，不同的是发[t]音不振动声带，而发[d]音要振动声带。

怎么样，“だ行”假名并不太难吧。仔细听录音，再做一下练习吧！经过这么多训练，大家是否能感觉到做起练习来越来越得心应手呢 ^_^

B 练习与活用

1. 跟录音反复练习“だ行”假名发音

だ　ぢ　づ　で　ど

ダ　ヂ　ヅ　デ　ド

2. 按笔顺反复书写“だ行”平假名和片假名，边写边读。

（附录：日语假名的写法 P144~145）

建议：准备五张卡片，在卡片的正反两面分别写上“だ行”假名的平假名和片假名。任意抽出卡片进行认读。

又是7分钟，是不是已经对“だ行”假名很熟悉了？下面我们继续强化训练，帮助大家迅速掌握“だ行”假名。

3.跟读练习

だ　ち゛　づ　で　ど
ダ　ヂ　ヅ　デ　ド

だだ　だぢ　だづ　だで　だど
ヂダ　ヂヂ　ヂヅ　ヂデ　ヂド
づだ　づぢ　づづ　づで　づど
デダ　デヂ　デヅ　デデ　デド
どだ　どぢ　どづ　どで　どど

だぢづ　だづで　だでど

ヂヅデ　ヂデド　ヂドダ
づでど　づどだ　づだぢ
デドダ　デダヂ　デヂヅ
どだぢ　どぢづ　どづで

だぢづで だづでど だでどぢ
ヂヅデド ヂデドダ ヂドダヅ
づでどだ づどだぢ づだぢで
デドダヂ デダヂヅ デヂヅド
どだぢづ どぢづで どづでだ

だぢづでど ヂデダドヅ
だぢづどでどだどダデヂヅデドダド

下面，我们可以进行单词学习啦！

4. 跟读以下日语单词，注意音调

■うで　②［腕］胳膊、前臂、上臂；本事、本领
■かたづける　④［片付ける］整理；解决
■こども　⓪［子供］孩子

- だいがく ⓪[大学] 大学
- だす ①[出す] 拿出；取出
- ちぢむ ⓪[縮む] 收缩
- つづく ③[続く] 继续；接连发生
- できる ②[出来る] 做好；形成
- でる ①[出る] 出去；出来
- でんわ ⓪[電話] 电话
- ドア ①[door] 门
- どく ②[毒] 毒；毒害
- どだい ⓪[土台] 地基；基础
- とどく ②[届く] 达到；收到
- ともだち ⓪[友達] 朋友
- まど ①[窓] 窗户

5. 反复跟读以下词组、短句，注意语调

❶ お天気(てんき)が続(つづ)く / 连续是好天气

❷ 腕(うで)がだんだん上(あ)がる / 技术逐步提高

❸ 家庭(かてい)のごたごたを片付(かたづ)ける / 解决家庭的纠纷

❹ 着物(きもの)のたけが縮(ちぢ)んだ / 衣服的身长缩短了

❺ 子供(こども)ができる / 有孩子；怀孕

❻ 成功(せいこう)の土台(どだい)を築(きず)く / 打好成功的基础

❼ 生徒(せいと)を社会(しゃかい)に出(だ)す / 把学生送上社会

❽ 大学(だいがく)を出(で)る / 大学毕业

❾ 電話(でんわ)に出(で)る / 接电话

❿ ドアを開(あ)ける / 开门

⓫ 毒(どく)が回(まわ)った / 毒性发作

⓬ 窓(まど)を閉(し)める / 关窗

⓭ 目標(もくひょう)に届(とど)く / 达到目标

下面我们做书面练习。巩固一下对“だ行”假名的掌握。准备好了吗?

6. 默写“だ行”平假名和片假名

7. 听写练习

だ　ち　づ　で　ど		
だんわ	かだん	だいどころ
ちぢれげ	ちかづく	デジカメ
ふで	かえで	どこ
どんな	のど	

8. 将下列平假名改为片假名，片假名改为平假名

いだい	ちぢれる	つづける
でかい	かど	イダク
チヂム	カタヅケル	デグチ

怎么样，大家掌握得不错吧！“だ行”假名就学到这里。接下来我们继续学习惯用句。

①はじめまして、どうぞよろしく / 初次见面，请多多关照。
②こちらこそ、どうぞよろしく / 彼此彼此，请多多关照。

好，这一讲就到这里。下一讲我们学习最后一组浊音“ば行”浊音和日语中唯一的一组半浊音“ぱ行”半浊音。

15 第十五讲 “ば行”、“ぱ行”假名的发音（辅音）、练习

这一讲我们来学习最后一组浊音“ば行”浊音和日语中唯一的一组半浊音“ぱ行”半浊音。学完了这一讲，我们就把日语中的基本发音全部讲完啦！接下来，我们再学三讲特殊发音，日语语音课程就全部结束啦！

A 准备篇

ば行假名

平假名	ば	び	ぶ	べ	ぼ
片假名	バ	ビ	ブ	ベ	ボ
罗马字	ba	bi	bu	be	bo
国际音标	ba	bi	bu	be	bo

发音要领

“ば行”假名的发音是由浊辅音[b]和五个元音[a] [i] [u] [e] [o]相拼而成的。[b]的发音要领是，双唇紧闭形成阻塞，振动声带，使气流冲破阻塞而出。

下面再让我们看一下“ぱ行”假名。

ぱ行假名

平假名	ぱ	ぴ	ぷ	ぺ	ぽ
片假名	パ	ピ	プ	ペ	ポ
罗马字	pa	pi	pu	pe	po
国际音标	pa	pi	pu	pe	po

发音要领

“ぱ行”假名的发音是由清辅音[p]和元音[a] [i] [u] [e] [o]相拼而成的。发[p]时，双唇闭合，使气流冲破阻塞而出。其发音方法和[b]基本相同，只是发[p]时声带不振动。

下面我们将通过练习来巩固对“ば行”假名和“ぱ行”假名的掌握。学不厌精，学外语必须多说多写多练才行!

B 练习与活用

1. 跟录音反复练习“ば行”“ぱ行”假名的发音

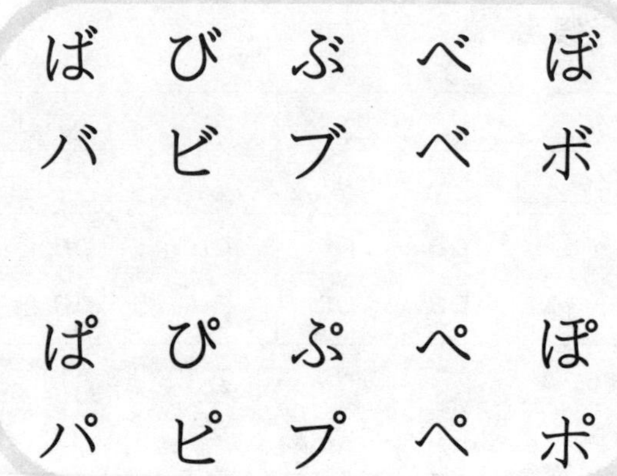

2. 按笔顺反复书写“ば行”、“ぱ行”平假名和片假名，边写边读。

（附录：日语假名的写法 P144~145）

建议：准备十张卡片，在卡片的正反两面分别写上“ば行”“ぱ行”假名的平假名和片假名。任意抽出卡片进行认读。

你已经对“ば行”、“ぱ行”假名很熟悉了吧。下面我们继续跟读练习，一起读一读，去感受一下这两行假名在日语中的作用吧。

3.跟读练习

ば	び	ぶ	べ	ぼ
バ	ビ	ブ	べ	ボ
ぱ	ぴ	ぷ	ぺ	ぽ
パ	ピ	プ	ペ	ポ

ばば	ぱぴ	ばぶ	ぱぺ	ばぼ
ビバ	ピピ	ビブ	ピペ	ビボ
ぶば	ぷぴ	ぶぶ	ぷぺ	ぶぼ
べバ	ペピ	べブ	ペペ	べボ
ぼば	ぽぴ	ぼぶ	ぽぺ	ぼぼ

ばびぶ	ぱぷぺ	ばべぼ
ビブべ	ピペポ	ビボバ
ぶべぼ	ぷぽぱ	ぶばび
べボバ	ペパピ	べビブ
ぼばび	ぽぴぷ	ぼぶべ

ばびぶべ	ぱぷぺぽ	ばべぼび
ビブべボ	ピペポパ	ビボバブ
ぶべぼば	ぷぽぱぴ	ぶばびべ
べボバビ	ペパピプ	べビブボ

ぼばびぶ ぽぴぷぺ ぼぶべば

ばびぶべぼ ピペパポプ

ばびぶぼべぼばぼパペピプペポパポ

现在，我们开始学习单词、词组和短句的读法。

4. 跟读以下日语单词，注意音调

- あそぶ ⓪ [遊ぶ] 玩；闲置不用
- さぼる ② 偷懒；缺勤
- さんぽ ⓪ [散歩] 散步
- しんぶん ⓪ [新聞] 报纸
- たばこ ⓪ [煙草] 香烟
- とぶ ⓪ [飛ぶ] 飞；飞跑；跳过
- ばいかい ⓪ [媒介] 媒介；传播
- バス ① [Bus] 公共汽车
- パス ① [pass] 合格；通过
- パンダ ① [panda] 熊猫
- ピアノ ⓪ [piano] 钢琴
- ビザ ① [visa] 签证
- ピザ ① [pizza] 比撒饼

- ビジネス ① [Business] 事物、商业
- プラス ① [plus] 加；利益
- ペンギン ⓪ [penguin] 企鹅
- べんごし ③ [弁護士] 律师
- べんとう ③ [弁当] 盒饭
- ポスト ① [post] 邮筒；职位

5. 反复跟读以下词组、短句，注意语调

❶ 学校(がっこう)をさぼる / 逃学；偷懒不去上课

❷ 原料不足(げんりょうぶそく)で機械(きかい)が遊(あそ)んでいる / 因为原料不足机器闲置着

❸ 試験(しけん)にパスする / 考试合格

❹ 将来(しょうらい)プラスになる / 将来有好处

❺ 新聞(しんぶん)をとる / 订报纸

❻ 煙草(たばこ)をやめる / 戒烟

❼ 手紙(てがみ)をポストに入(い)れる / 把信投进邮筒

❽ 敵情(てきじょう)をスパイする / 侦探敌情

❾ バスで行(い)く / 乘公共汽车去

❿ ピアノを弾(ひ)く / 弹钢琴

⓫ 飛行機(ひこうき)が飛(と)ぶ / 飞机飞行

⓬ 弁護士(べんごし)の資格(しかく)を取(と)る / 取得律师资格

⓭ 弁当(べんとう)を持参(じさん)する / 自带饭菜

⓮ 町(まち)をぶらぶら散歩(さんぽ)しよう / 我们在街上随便走走吧

下面我们照例要动笔写一写，检验一下是否真正掌握“ば行”“ば行”假名了！开始吧！

6. 默写“ば行”“ぱ行”平假名和片假名

7. 听写练习

ば	び	ぶ	べ	ぼ
パ	ピ	プ	ペ	ポ

ばあい	うりば	ばか	びじん
けいび	ピストル	ぶひん	ぶぶん
プラン	べんり	ベンチ	ペア
ぼうし	きぼう	ポプラ	

8. 将下列平假名改为片假名，片假名改为平假名

ばいばい	くび	けいぶ	ぺらぺら
ぼうず	バケツ	ピカソ	プレゼント
ペン	ポテト		

怎么样，都写出来了吧！下课之前，我们再学几句日语的惯用句吧。

①お名前(なまえ)は / 您（你）贵姓?

②ようこそ / 欢迎您。

好了，这一讲就到这里。到这一讲为止，我们已经把日语中的基本发音全部学完啦！接下来，我们将再学三讲特殊发音。这些特殊发音很重要，大家不要松懈啊！

豆知識4：

いろは歌

“いろは歌”是一首用五十音图中的四十七个不同假名不重复地各出现一次的方式编写的和歌。是日本平安时代中期的作品。有传说是日本佛教高僧弘法大师空海所作，又有一说是涅经的四句偈文“诸行无常，是生灭法，生灭灭已，寂灭为乐”的日语意译。原文是：

色は匂へど	散りぬるを
(いろはにほへと	ちりぬるを)
我が世誰ぞ	常ならむ
(わかよたれそ	つねならむ)
有為の奥山	今日越えて
(うるのおくやま	けふこえて)
浅き夢見じ	酔ひもせず
(あさきゆめみし	ゑいもせす)

“いろは歌”常用作假名习字字帖。现在有时仍用此诗歌中的假名为序表示事物顺序的序号。

第十六讲　长音的活用与练习

到上一讲为止，我们已经把日语中的基本发音全部学完啦！在接下来的三讲中，我们将学习日语中的特殊发音。这些特殊发音包括长音、促音和拗音（拗长音、拗拨音、拗促音）。这些发音很重要，大家一定不能松懈啊！这一讲我们首先学习长音。

1.长音的概念

所谓“长音”，是指把一个假名音的元音部分拉长一拍的音。日语的大部分音节是单独一个元音或由一个辅音加上一个元音构成的。长音是特殊音，它不能单独构成音节，它只能跟在其他的音节后面发音构成长音节，占两个音拍的长度。

2.长音的表记规则

① “あ段”假名的长音用“あ”表示。如：

ああ	かあ	さあ	たあ	なあ
はあ	まあ	やあ	らあ	わあ

② “い段”“え段”假名的长音一般用“い”表示。如：

いい きい しい ちい にい
へい めい れい げい ぜい

但是，“え段”假名的个别词用“え”表示长音。如：

- ええ　　⓪（应答）好吧
- おねえさん　②[お姉さん] 姐姐

③ “う段”“お段”假名的长音一般用“う”表示。如：

うう くう すう つう ぬう
ほう もう よう ろう ごう

但是，“お段”假名的个别词用“お”表示长音。如：

- おおい　①[多い] 多
- とおる　①[通る] 通过；畅通

④ 外来语中的长音一律用符号“ー”表示。如：

アー イー ウー エー オー

学好长音的表记规则是学好长音的关键，大家一定要多下些工夫啊！

下面我们开始做练习。刚接触到长音，大家可能一时还不习惯。没关系，让我们在做各项练习的过程中来逐渐熟悉它、掌握它吧！

1.用平假名和片假名默写各段长音

怎么样，大家已经熟悉了各段长音了吧。下面我们看一下长音在单词中的用法吧。

2.听录音朗读下列单词

あ 段：

- おかあさん　②[お母さん] 妈妈
- サービス　①[service] 接待、服务
- スカート　①[skirt] 裙　子
- バー　①[Bar] 横杆；酒吧
- バター　①[Butter] 黄油
- ラーメン　①面条

い段：

- いい　①　好；优秀
- おにいさん　②[お兄さん] 哥哥
- キー　①[key] 钥匙；关键
- タクシー　①[taxi] 出租车
- ちいさい　③[小さい] 小；幼小；轻微
- ビール　①[Beer] 啤酒

う段：

- おとうさん　②[お父さん] 爸爸
- くうかん　⓪[空間] 空间；空隙
- クーラー　①[cooler] 空调；冷气设备
- スーツ　①[suit] 一套西服；一套女装
- つうやく　①[通訳] 口译
- プール　①[pool] 游泳池

え段：

- おねえさん　②[お姉さん] 姐姐
- ええ　⓪（应答）好吧
- えいご　⓪[英語] 英语
- しつれい　②[失礼] 不礼貌；对不起；再见
- ていねい　①[丁寧] 有礼貌；细心
- ゆうめい　⓪[有名] 有名；著名

お段：

- おおい　②[多い] 多
- くろう　①[苦労] 辛苦；操心
- こおり　⓪[氷] 冰

■ ぼうし　　⓪[帽子] 帽子

■ ボール　　⓪[Ball] 球

■ レポート　　②[report] 报告书；报道

了解了长音在单词中的应用，我们再进一步来看看长音单词出现在词组、短句中的情况吧！

3. 跟读下列词组、短句

❶ あの先生(せんせい)は丁寧(ていねい)に教(おし)えてくれる / 那位老师认真地教我们

❷ 一躍有名(いちやくゆうめい)になる / 一跃成名

❸ 教(おし)えられるところが多(おお)い / 受益匪浅

❹ 彼(かれ)がこの問題(もんだい)のキーを握(にぎ)っている / 他掌握着这个问题的关键

❺ クーラーを入(い)れる / 开冷气

❻ 氷(こおり)が張(は)る / 结冰

❼ ご苦労(くろう)さまでした / 您辛苦了

❽ サービスがいい / 服务态度好

❾ 時間(じかん)と空間(くうかん)を超越(ちょうえつ)する / 超越时间与空间

⑩ 実験をレポートにまとめる / 把实验结果整理成报告书

⑪ 失礼なことを言う / 说不礼貌的话

⑫ スカートをはく / 穿裙子

⑬ タクシーをひろう / 叫出租车

⑭ 小さい子をかわいがる / 疼爱幼小的孩子

⑮ 同時通訳 / 同声传译

⑯ 日本語を英語に訳す / 把日语译成英语

⑰ パンにバターをつける / 往面包上涂黄油

⑱ 帽子を取って挨拶する / 脱帽致礼

⑲ ボールがバーを越す / 球越过横梁

通过上述练习，大家已经基本掌握了长音的读法和用法了吧。下面我们做一下巩固练习，大家听录音，动笔写一写，顺便也可以复习一下以前学过的假名呢！

4.听写练习

ワープロ	カード	けいざい	うれしい
ゆうじん	ムード	きれい	へいわ
ようじ	おうせつ		

好了，长音的学习就到这里。在已有的基础上，不觉得太难吧！只是，学的知识越多越需要消化吸收的时间。下面我们继续学习惯用句。

①ごめんなさい / 对不起。

②いや、かまいませんよ / 没关系。

好，这一讲就到这里。下一讲我们学习促音。

第十七讲　促音的活用与练习

这一讲我们来学习促音。促音与长音一样，也是日语中的特殊发音。学好了促音，我们在日语学习中就会又向前迈进一大步啦！

1.促音的概念

促音是一种特殊音节，其发音方法是：发音时用发音器官的某些部分突然阻塞气流呼出，形成一个短暂的顿挫，然后放开阻塞使气流急冲而出。促音不能独立构成音节，它只是一个附属音。促音一般出现在“か行”“さ行”“た行”“ぱ行”假名的前面，在外来语中，促音还可以出现在“ガ行”“ザ行”“ダ行”“バ行”“ハ行”假名之前。

2.促音的表记规则

平假名用字号小一号的“っ”表示，片假名相应地用字号小一号的“ッ”来表示。

促音的发音不是很容易掌握，不过只要我们勤学苦练，这一点困难还是很好克服的。下面我们一起做练习，在做各项练习的过程中来帮助大家尽快熟悉、掌握促音的读法！

练习

1.听录音朗读下列单词

- いっぱい ⓪ 一碗；充满
- がっき ⓪ [楽器] 乐器
- きって ⓪ [切手] 邮票
- けっこん ⓪ [結婚] 结婚
- コップ ⓪ [cup] 杯子
- ざっし ⓪ [雑誌] 杂志
- しっそ ① [質素] 简朴
- じっぴ ⓪ [実費] 实际费用；成本
- ずっと ⓪ 比～得多；很；从～一直
- はっきり ③ 清楚；明确
- バッグ ① [Bag] 手提包
- ぺっと ① [pet] 宠物
- まったく ⓪ [全く] 完全；简直
- りっぱ ⓪ [立派]

在朗读的过程中，大家已经基本掌握了促音的读法了吧。下面，我们一起来看一看促音单词在词组、短句中的应用吧！

3．跟读下列词组、短句

❶ いまもはっきりと覚(おぼ)えている／记忆犹新

❷ 顔(かお)いっぱいに微笑(ほほえ)みをうかべる／笑容满面

❸ 彼(かれ)の話(はなし)は全(まった)くの嘘(うそ)だった／他的话完全是撒谎

❹ 切手(きって)をはる／贴邮票

❺ きわめて質素(しっそ)な暮(く)らしを送(おく)る／过着极为简朴的生活

❻ 結婚(けっこん)の約束(やくそく)をする／订婚

❼ この猫(ねこ)は私(わたし)のペットだ／这只猫是我的宠物

❽ 雑誌(ざっし)を刊行(かんこう)する／发行杂志

❾ 出張費(しゅっちょうひ)は会社(かいしゃ)が実費(じっぴ)を負担(ふたん)する／出差费用公司实报实销

❿ ずっと昔(むかし)から／自古以来

⓫ 立派(りっぱ)な人物(じんぶつ)／杰出的人物

接下来我们做听写练习。大家听一听，促音应该加在哪里。

4.听写练习

あさって	グッズ	たっぷり	あっさり
マッチ	ぜったい	ゆっくり	ねっしん
ベッド	エッセー	きっぷ	にっぽん
ぶっか	ロボット	いっぷく	ブリッジ
ほっと	ネット	ビッグ	さっか

好了，促音的学习就到这里。大家在课下要多多练习，做语音练习，是多多益善啊！下面我们继续学习惯用句吧。

①私の言うことがわかりますか / 听得懂吗?

②すみません、もう少しゆっくり話してください / 对不起，请您慢点儿说。

好啦，这一讲就到这里吧。

第十八讲 拗音（拗长音、拗拨音、拗促音）的活用与练习

这一讲我们来学习拗音、拗长音、拗拨音、拗促音的发音和用法。看上去一大堆新名词，阵势有些吓人，其实，长音、拨音、促音我们都学过，拗长音、拗拨音、拗促音都是在拗音的基础上形成的。所以，学好拗音，我们就能在此基础上学好拗长音、拗拨音和拗促音。

1．拗音（拗长音、拗拨音、拗促音）的概念

由“い段”假名（“い”除外）的辅音与“や”“ゆ”“よ”拼合而成的音叫做拗音。拗音是一种特殊音节，虽然以两个假名表示一个音节，但音长仅为一拍。把拗音拉长一拍，就构成了拗长音。把拗音分别和拨音、促音相拼便形成了拗拨音、拗促音。如：

- じゅんび ①[準備] 准备
- ちゃんと ⓪ 端正；整齐；好好地
- ギャップ ①⓪[gap] 缝隙；分歧
- チャック ①[chuck] 拉链

2.拗音的表记规则

拗音的表记方法是把除“い”以外的“い段”假名右下脚分别加上字号小一号的“ゃ”“ゅ”“ょ”。

3.拗音及拗长音表

■ **拗音表：**

きゃ キャ	きゅ キュ	きょ キョ
しゃ シャ	しゅ シュ	しょ ショ
ちゃ チャ	ちゅ チュ	ちょ チョ
にゃ ニャ	にゅ ニュ	にょ ニョ
ひゃ ヒャ	ひゅ ヒュ	ひょ ヒョ
みゃ ミャ	みゅ ミュ	みょ ミョ
りゃ リャ	りゅ リュ	りょ リョ
ぎゃ ギャ	ぎゅ ギュ	ぎょ ギョ
じゃ ジャ	じゅ ジュ	じょ ジョ
びゃ ビャ	びゅ ビュ	びょ ビョ
ぴゃ ピャ	ぴゅ ピュ	ぴょ ピョ

■ 拗长音表：

きゃあ	キャー	きゅう	キュー	きょう	キョー
しゃあ	シャー	しゅう	シュー	しょう	ショー
ちゃあ	チャー	ちゅう	チュー	ちょう	チョー
にゃあ	ニャー	にゅう	ニュー	にょう	ニョー
ひゃあ	ヒャー	ひゅう	ヒュー	ひょう	ヒョー
みゃあ	ミャー	みゅう	ミュー	みょう	ミョー
りゃあ	リャー	りゅう	リュー	りょう	リョー
ぎゃあ	ギャー	ぎゅう	ギュー	ぎょう	ギョー
じゃあ	ジャー	じゅう	ジュー	じょう	ジョー
びゃあ	ビャー	びゅう	ビュー	びょう	ビョー
ぴゃあ	ピャー	ぴゅう	ピュー	ぴょう	ピョー

4. 特殊的拗音、拗长音、拗拨音、拗促音

随着外来语的大量涌入，原有的拗音、拗长音已经不能满足日本人拼读外来语的需要了。为了用比较接近原音的语音拼读一些外来语，日语中采用了一些特殊的拗音、拗长音、拗拨音和拗促音。它们一般由单音与元音“ァ”“ィ”“ェ”“ォ”相拼而成。如：

■ ウォッチ　②[watch] 手表

- チェンジ ①[change] 交换
- パーティー ①[party] 晚会、联欢会
- フィルム ①[film] 胶卷、电影
- メディア ①[media] 手段、媒介

拗音、拗长音、拗拨音、拗促音的发音不是很好掌握，下面我们将通过练习帮助大家逐步熟悉、掌握它们的发音，习惯它们的用法。

1.跟录音朗读各行拗音、拗长音

2.反复书写各行拗音、拗长音的平假名、片假名

读完了，写好了，下面我们来看一看单词、词组和短句吧。

3.听录音朗读下列单词

■ あかちゃん ①[赤ちゃん] 小宝宝；婴儿

■ きゃく ⓪[客] 客人；主顾

■ ぎゅうにゅう ⓪[牛乳] 牛奶

■ じゃま ⓪[邪魔] 妨碍；打搅

■ シャワー ①[shower] 淋浴

■ しょくじ ⓪[食事] 饭；吃饭

■ ちきゅう ⓪[地球] 地球

■ チャンス ①[chance] 机会；良机

■ にんぎょう ⓪[人形] 娃娃；傀儡

■ ひゃく ②[百] 百；一百

■ びょうき ⓪[病気] 病；缺点

■ ポピュラー ①[popular] 通俗的；流行的

■ ゆうじょう ⓪[友情] 友情

■ ゆうびんきょく ③[郵便局] 邮局

■ ラッシュ ①[rush] 拥挤、热潮

■ りゅうがく ⓪[留学] 留学

■ りょうり ①[料理] 菜肴；做菜

■ れんしゅう ⓪[練習] 练习

4. 跟读下列词组、短句

❶ 暖(あたた)かい友情(ゆうじょう)を寄(よ)せる / 给予温暖的友情

❷ お邪魔(じゃま)しました / 打搅您了

❸ カメラにフィルムを入(い)れる / 往照相机里装胶卷

❹ 客(きゃく)を招(まね)く / 招待客人

❺ 牛乳(ぎゅうにゅう)を沸(わ)かす / 煮牛奶

❻ シャワーを浴(あ)びる / 洗淋浴

❼ 食事(しょくじ)の用意(ようい)をする / 准备饭食

❽ 地球(ちきゅう)は太陽(たいよう)の回(まわ)りをまわる / 地球围绕太阳转

❾ チャンスをつかむ / 抓住机会

❿ 日本(にほん)に留学(りゅうがく)する / 去日本留学

⓫ 人形(にんぎょう)をあやつる / 耍偶人

⓬ パーティーに出席(しゅっせき)する / 赴宴会；出席晚会

⓭ 発音(はつおん)を練習(れんしゅう)する / 练习发音

⓮ 百(ひゃく)も承知(しょうち) / 知道得很详细；了如指掌

⓯ 病気(びょうき)が治(なお)る / 病愈

⓰ ポピュラーな小説(しょうせつ) / 通俗小说

⑰ ラッシュ・アワー/（交通车辆）拥挤时刻；高峰时间

⑱ 私（わたし）は料理（りょうり）がとても得意（とくい）だ/我非常擅长烹调

怎么样，大家基本掌握住拗音、拗长音、拗拨音、拗促音的用法了吧。为了检验一下学习成果，下面我们做听写练习。大家注意，看拗音、拗长音、拗拨音、拗促音都出现在单词的什么地方。

5.听写练习

おちゃ	かいしゃ	きぼう
きょういく	けいこう	じゃっか
しゅうしょく	しゅんかん	にょうぼう
ばしょ	ひょっと	ファッション
フォーク	みょうじ	りょこう

怎么样，大家对对答案，看掌握了多少。一时记不住也没关系，课下多多练习就好！接下来我们继续惯用句的学习。

①どうぞお入りください / 请进。
②どうぞお掛けください / 请坐。
③お茶をどうぞ / 请喝茶。

好，到这一讲为止，短短 17 讲时间，我们就把日语语音部分全部讲完了。万事开头难，但大家学得很快、很好！打好了语音基础，下一步就可以系统学习日语啦！业精于勤荒于嬉，希望大家在今后的学习中继续努力，不断取得更大进步！

附录一

平假名的写法

あ	い	う	え	お
か	き	く	け	こ
さ	し	す	せ	そ
た	ち	つ	て	と
な	に	ぬ	ね	の
は	ひ	ふ	へ	ほ
ま	み	む	め	も
や		ゆ		よ
ら	り	る	れ	ろ
わ				を
ん				

附录二
片假名的写法

ア	イ	ウ	エ	オ
カ	キ	ク	ケ	コ
サ	シ	ス	セ	ソ
タ	チ	ツ	テ	ト
ナ	ニ	ヌ	ネ	ノ
ハ	ヒ	フ	ヘ	ホ
マ	ミ	ム	メ	モ
ヤ		ユ		ヨ
ラ	リ	ル	レ	ロ
ワ				ヲ
ン